廢柴夫君是個寶 下

文創風 1082

寒山乍暖 著

目錄

第十七章

次日雪停了，可積雪高過腳踝，馬車不好走，虎子他們就沒去城裡。

等了兩日，雪開始融化了，第三天下午，虎子他們才帶著徐家、趙家夫妻趕往盛京，車上還載了一百斤菜，虎子都心疼馬。

終於到了盛京，把車放好後，虎子和徐老大、趙老二帶著菜出去賣，因為賣得特別快，沒一會兒就回來了。

他們有四天沒來，因為下雪沒擺攤，可還是有人往巷口望，說是盼星星、盼月亮也不為過。

他們一到那兒，附近的百姓就出來了，一個個穿著棉襖，小心翼翼地踩著雪地。

「小兄弟終於來了，給我來兩斤，今兒回去涮火鍋吃。」

家家都知道圍著爐子吃火鍋，虎子動作俐落地秤菜收錢，趙老二他們看得嘖嘖稱奇，還真有人等著買菜。

不饞肉卻饞菜，有錢人的腦子就是不一樣。

賣完菜，虎子又去買羊肉、豬肉、雞蛋，因為買的東西好又是常客，肉攤老闆都認識他，切了肉，又給了兩根大骨頭。「這幾天下雪，生意不好，還好你沒來。」

虎子道：「想來也來不了，家在莊子，前幾天雪那麼大，今兒過來路上沒幾道車轍印。」

老闆道：「也是，都待在家呢！咱們為生計奔波，有錢人可有的是玩趣。」

盛京初雪，各家夫人小姐賞雪賞景，倒是熱鬧非凡。

也是，人家有錢有勢的，不怕冷，不怕累，出門有馬車，他們嫌大雪攔路，人家反倒嫌雪不夠大，下得不夠美呢！

虎子嘿嘿一笑。「賺錢要緊。老闆，錢放著了，我走了。」

賺錢要緊，其他都是次要的。

不過肉攤老闆說得沒錯，近幾日賞雪宴就有三、五場，有人藉機相看，如果能促成良緣也是一樁美事。

平陽侯夫人給顧槿訂了門親事，對方人品貴重，家世也相當，打算明年就嫁過去。

轉眼間，顧槿也要嫁人了。

顧夫人叮囑女兒。「收收性子，沒事別出府了，安靜在家裡繡嫁妝，看妳那繡工，我都替妳害臊。」

顧槿道：「若論繡工，四姊當數第一。」

顧夫人很是不贊同地看了顧槿一眼。「和妳說過幾次，少和四姑娘往來，就是不聽，在閨閣時不見妳們關係多好，如今她嫁人了，妳倒是眼巴巴看著，妳也不看看她是什麼身分，妳又是什麼身分。」

顧槿抿了一下唇。「什麼身分不身分的，母親想多了，我看四姊現在沒什麼不好。何況對家裡沒助力，那就不是顧家的女兒，就不認她了嗎？那我以後日子過不下去了，您也這樣對我？」

「胡說，妳怎會一樣。妳是娘的女兒，妳和她不同……時也命也，她若能做個世子妃，也算命好，只可惜……娘說這些是為妳好，救急不救窮，她若是活不下去，幫點忙倒無所謂。」

顧槿道：「我倒是希望她要，可她什麼都不要。明明是最出眾的，卻……娘，我根本沒做什麼，給錢她不要，幫忙也不要，就在府上多照顧李姨娘和八郎。」

顧夫人揉了揉眉心。「妳心裡有數就成，李姨娘有八郎，我也不會為難她。妳多陪陪老夫人，等過年了，四姑娘肯定會回來一趟。」

這都十月了，眼看著就要過年了。

顧槿點了點頭。「女兒去見祖母。」

顧筠嫁人後，顧槿才明白許多事，為何她那麼辛苦，為何什麼事都要做到最好。

等雪全融化了，已經是十月底，裴殊和安定侯去莊子一趟。菜生長了一個多月，現在正是青翠好吃的時候，但安定侯總想等再大一點。

裴殊道：「再等下去就成老白菜了。」

安定侯撇嘴道：「我也是想讓士兵們多吃點。行了，聽你的，收菜運過去，直接種第二茬。」

三百來畝地，兩千個棚子，棚子裡全是菜。收菜，過秤，一個棚子裡的菜就有一千多斤，一畝地五個棚子，畝產五千斤，當朝白菜畝產二到三千斤不等，這差不多翻了一倍。

收了逾百萬斤，安定侯當場就結帳，給裴殊一千九百二十一兩銀子。

「用兩個莊子種了這麼多地，裴公子大才，大才！這陣子也辛苦你了！」

裴殊笑了笑。「不算辛苦，我也沒出什麼力。侯爺快點將菜裝車運走吧。」

這些菜路上免不了受凍，安定侯心裡也是擔憂，此去西北，路途遙遠，菜凍傷了也能吃，總比爛的強。

安定侯對裴殊拱了拱手，態度誠懇。「裴公子，你也知道現在地凍天寒，我憂心菜在路上受凍。若是可以，希望裴公子去西北一趟，幫忙種菜。若裴公子願意，我會在聖上面前請命，裴公子奉命……種菜。」

裴殊擺了下手。「侯爺，容我想想……」

他曾經做科學研究，全國各地到處跑，搭飛機或高鐵，不過幾個小時的事。但現在不一樣，西北太遠了，路上就要耽誤十多天，還得快馬加鞭，他雖說人結實了不少，但是路上顛簸，不知受不受得了，現在太冷了……

還有顧筠，他走了，就剩顧筠一個了。

安定侯看裴殊神色糾結，恨不得按著他的腦袋，讓他點頭。「裴公子！」

裴殊道：「容我再想想，這事肯定得同我夫人說。」

安定侯道：「裴公子，這我就得說說你了，你一個大男人，怎麼啥事都要和夫人商量，自己作主都不成。唉，男兒何不帶吳鉤，收取關山五十州。裴公子大才，怎能庸碌無為……」

裴殊認認真真道：「我這並非軟弱怕媳婦，而是一種尊重，夫妻間有事先商量，以免她白白憂心。」

「……那裴公子回去和夫人好好說吧。」

裴殊裝著滿腹心事回去，面上顯出三分。

裴殊沒等顧筠問他，而是主動說起。「安定侯把菜錢結了，總共一千九百二十一兩，錢都在這兒。菜今天就運過去，可路途遙遠，菜受凍容易壞，安定侯問我能不能去西北種菜，種菜不受地質影響，在西北也能種，我一人過去，省下運菜的人力、物力，算起來很合適。」

顧筠道：「可是還有一個多月就過年了，你去了，年前可回不來。」

她看出裴殊想去，她其實也想裴殊去，既能省錢，興許還能立功，他是男子，合該建功立業，畢竟他荒廢了十幾年，如今終於有機會。

可這是他們成親以後過的第一個年……第一個年就要分開過嗎？

西北嚴寒，路上顛簸，相距千里遠，這又是冬日。

顧筠想過能否不去，這是安定侯提的建議，還給裴殊考慮的機會，可若是下次，興許就是皇上下旨，去也得去，不去也得去。

既然非去不可，那就痛快點，早去早回！

顧筠自己想明白了，又轉頭來勸裴殊。「夫君，這是好事，咱們雖然不能像那些將士一樣上戰場殺敵、保家衛國，但是可以為他們做些小事，種地、種菜這事雖小，卻能讓他們吃飽吃好，為百姓做事無大小之分，也算盡我們自己的一份心力。」

裴殊不是上戰場，只是去西北一趟，很快就回來，如果她都受不了，那些夫君經年累月不在家甚至死在戰場上的婦人家，可怎麼辦？

「那我就儘量快一點，爭取年前回來，如果回不來，告個假也沒啥。」裴殊握住顧筠的手，使勁攥著。「安定侯還說給我個官職，也不知是真是假。」

顧筠道：「我不求你封侯拜相，我只求平平安安。」

裴殊離開的日子還沒定下來，估摸著就是這幾天。

顧筠想跟著去，但家裡事多，裴殊走得匆忙，她心有餘而力不足。

她打算安排虎子跟去，要不裴殊身邊連個能信的人都沒有。可虎子一走，家裡的生意就得另尋人……

路上帶的東西也不能少，肯定得用銀子。

顧筠站起來，找了張紙寫下清單，棉衣四套、手套、鞋子、厚被子……

此外，路程十幾天，得準備一些吃食，看能不能在車上放個小鍋子。還有藥，西北太冷了，若染上風寒不好辦，得多拿些藥。

裴殊是去辦正事，可不是去享受的，準備好自己的行李，不給朝廷添亂才行，路上謹言慎行，多做事少說話，早點做完才能早些回來。

顧筠看單子上的東西，準備明早出去置辦，可腦子閒下來，心裡就感覺空落落的。

晚上睡覺時，顧筠背對著裴殊，夢裡見她去給裴殊送行，鼻子一酸，眼角流下一行清淚。

裴殊不知道，他只是覺得今天顧筠不愛說話，出奇安靜，明明捨不得他，卻閉口不說。

裴殊也捨不得，他也說不出口，前半夜覺少夢多。後半夜醒了，在月色下，望著頭頂的天花板，腦子裡全是和顧筠在一起的日子。

夫妻之間說話、調笑，從國公府相扶離開，到如今被迫分別……

裴殊想著，眼眶就濕了。

是不是有個孩子顧筠會好受些？

可轉念一想，有了孩子，顧筠一個人養胎照顧，他又不在，好個鬼！

他真是糊塗了！

次日，天還是冷得厲害。

顧筠去了趟布坊，布坊管事見是她，拿了不少好料子出來，顧筠卻只要了厚實的湛藍色、灰色料子，拿了十斤棉花。

進城一趟，顧筠順便把虎子叫回來。

虎子明白前因後果，保證在外頭一定照顧好裴殊，讓顧筠放心。

顧筠哪能放心，虎子跟裴殊差不多大，從前兩人沆瀣一氣，要不是實在沒人，顧筠也不想讓虎子去。

不過虎子現在已經變好了。

顧筠道：「讓你跟去是想你們之間有個照應，裴殊他一個人，我不放心，在外頭不比家裡，西北之地，天冷不說，再往北就是蠻荒之地，小心些，啥事別出頭，聽見了沒？」

虎子摸了摸自己的細胳膊和細腿。「夫人放心，我肯定攔著公子。」

裴殊需要冬衣，虎子也要，顧筠和春玉、綠勺趕製兩天，總算把衣服、被褥做出來。

裴殊那邊把行前事宜盡可能準備妥當了。

安定侯請命，皇上封裴殊為正三品的士農司司命，司農桑農作之事，還點了兩個世家子弟一同前往，所以士農司總共才三個人。

裴殊倒是聽過這兩人，不過不熟，也沒當回事，不過這兩人知道裴殊。

盛京哪個人不知道裴殊，最初他們還以為是同名同姓，後來問過安定侯，才知道正是那個裴殊。

安定侯有意拉一把，順道幫裴殊立威名，就解釋了。「不是英國公府那一脈，而是早早分出去的三公子，裴殊。你們兩個跟著他好好幹，別想有的沒的，若是能學著一星半點，也是你倆的福分。」

這話要是說出去得笑掉人大牙，跟著裴殊學？

學啥？學怎麼喝酒、賭錢、欠債嗎？

兩人目瞪口呆，心裡久久不能平靜，回去和家裡人說的時候，家中人一陣沈默。

最後，家裡老祖宗說：「這事不可能是騙人的，既然說是裴公子，那就是裴公子，正三品官職不低，看樣子很得皇上器重。」

「也不知道怎來的，真是怪了，他那副吊兒郎當樣還能做官，莫非是英國公……」

周老夫人道：「別胡說，他們早早就分家了，我可沒見英國公夫人幫一星半點，再說裴家二公子都當上世子了，我瞧著這事是裴三自己的本事。」

周公子也算是世家子弟中的翹楚，這回屈居人下，還是從前看不上的裴三，心裡老大不得勁。「祖母，這事怎說……」

周老夫人目光一凜。「都給我低調，誰也不許往外說。裴家要是有事，咱能幫一把是一把，雪中送炭的情義難能可貴。」

故而裴殊離京的事，除了顧筠他們，還有永康伯府、順德侯府兩家，根本沒人知道。

裴湘也是在裴殊離開兩日以後才知道這件事，她與裴殊交流不多，來莊子也是和顧筠說話，免不了寬慰幾句。

「等兄長回來。你們才成親，正好小別勝新婚。」

顧筠心裡的苦誰知道，她連新婚都沒有，小別也不知是幾天。

家裡的事太多，由不得她唉聲嘆氣，這裡的事處理好，才能早點省心，早點見裴殊。

虎子跟著走了，攤子上就少了人，顧筠從趙家選了一個媳婦，幫忙幹活賣餃子。清韻多勞累些，由她調製餡料。

日子倒也順順利利。

進入十一月，日照天數變少，總是狂風乍起，吹得枯葉颯颯作響。

現下出門的人也少，顧筠想著過兩天就收攤不幹了，省得出去受凍，每天就賣菜賺錢。

顧筠現在也能種菜了，她按照從前裴殊那樣，每天半夜起來給菜澆水。

有時她會想起裴殊，想他在外頭過得好不好，有沒有安全到達西北？

裴殊過得並不好，虎子也一臉菜色。

車上鋪著褥子和墊子，但是馬車四壁漏風，就算有炭爐也太冷了。

越往西北天氣越冷，外頭一片荒蕪，路邊景色是灰濛濛的，只能聽見天上盤旋的幾聲鴉叫。

裴殊是跟著第二批菜走的，沒第一批菜多，只有九十萬斤。

運菜的官員走得極快，日夜兼程，裴殊有苦難言。

兩個下屬在另一輛馬車，裴殊同他們說話不多，停車休息時見著，也就簡單點個頭。他們不說話，裴殊也不想說，等到了西北各安其命，各司其職。

離家六天，裴殊每日就在車上，裹著棉襖和被子，顧筠幫他準備了乾糧，有蔥油餅、肉乾、水煮雞，但是裴殊捨不得吃，吃完就沒了。冬天什麼食材都能放，他也不怕壞了。

他就是有點想念顧筠，擔心顧筠一個人在家，晚上黑，家裡人還少，那麼大間院子，她肯定會害怕。

還有家裡的事全落在她一人肩上，誰家新媳婦都是享福的，只有顧筠吃苦受累。

虎子也冷，看外頭的士兵，走在冷天雪地裡，卻不比馬車慢，心裡不由得敬佩幾分。「公子，啥時候才能到啊？」

裴殊道：「你家公子也不知道啊！我還想著把夫人帶來，可這麼冷的天，還是別讓她受罪了。」

除非顧筠能變大變小，裝進口袋裡，否則路上就得受罪，她還怕冷，到時候肯定凍得鼻尖通紅，還好她沒跟來。

等到了西北，他打算寫信，讓顧筠好好在家待著。

虎子揉揉鼻子。「那倒是，說西北苦寒之地，可不是說著玩玩的。公子，我還沒到就想回去了，咱們啥時候能回去？」

裴殊說：「也得年後了。」

到西北就十一月中旬了，再蓋棚子種菜，啥弄好都過年了。路上耽誤十幾天，回來得正月。

裴殊揉了揉手，他覺得手指癢，看著還紅通通的，有點腫，腳也是。

虎子道：「公子，不會生凍瘡了吧？這凍瘡生了不容易好，還沒到呢……」

裴殊忍住抓撓的衝動，他的手本來又細又長，骨節分明，牽顧筠的手最好，現在腫了，尤其是小拇指，癢得撓心撓肺。

「沒事，夫人替我備了藥，抹一下就好了，我現在可不是孤身一人，我這個人也不只是我自己的，得好好護著，不然回去了，沒法和夫人交代……哈啾！」裴殊揉了揉鼻子。「多喝熱水，多喝點。」

且說周長生和李昱霖坐在後頭的車上，一人只帶了一個小廝。

四人臉凍得青白，他們兩個自幼習武強身健體，看不慣裴殊手無縛雞之力的樣子，一個大男人穿那麼厚，瑟瑟縮縮像什麼樣子。

但是，人是真的禁不起凍，他們穿得少，帶的衣服也不夠厚，手腳冰涼，又不好意思去向裴殊借。

「什麼時候才能到？這一路太受罪了。」周長生打了兩個噴嚏。

李昱霖眉間有一股戾氣，他道：「也不知到了以後做什麼，裴殊能有什麼本事？咱們怕是要白跑一趟了。」李昱霖皺著眉，心裡無端起了一陣火，語氣也抱怨起來。「裴殊是什麼樣的人，你又不是不知道，怎麼聖上也跟著……他要有本事，何必等到現在？」

周長生道：「士別三日當刮目相看，他收心也是情有可原，他如今是你我二人的上峰，無論他做得如何，我們都得聽命於他。此次前往西北，路途遙遠，這一路上的貨物也不知是什麼。」

幾百輛車都蒙上氈布，根本不知道裡面裝什麼，那些護衛嘴又嚴，對裴殊禮遇有加。士農司？也不知道是個什麼東西。

李昱霖道：「我只是氣罷了，受苦受罪，還討不著好。我父親說得倒好，什麼五品官職，建功立業，跟著裴殊能有什麼出息？」

周長生沒接這話，只是一直安慰他，兩個隨侍凍得臉色青白，一句話都不說。

周長生拍了拍李昱霖的肩膀。「皇上器重裴公子，想想他也是有本事的，你我二人為難不了他，若回京之後他在皇上身前說些什麼，於你我無益。李兄，我知你心裡不爽快，想來是路上太冷的緣故，到了西北就好了。」

李昱霖也不想鬧，周長生說得沒錯，他討不著好，就算為難裴殊又如何，回京之後隨便說幾句，他就得受罰。

嘆了口氣，他只盼著路上的日子再短一點，快點到吧！

都是沒吃過苦的公子哥兒，即使周、李兩人常年習武，人長得結實，不過也沒來過這麼冷的地方。

裴殊雖然這幾個月搬東西，力氣大了，可是他估摸著這邊得有零下二、三十度，原身就是個愛飲酒作樂的公子哥兒，哪受過這種苦。

每日在車裡抱著暖手爐，腦子裡想著火鍋、烤紅薯，閉眼假寐，日子就這樣一天一天挨過去了。

車馬到了豫州城門，前頭的運糧官到裴殊馬車前。「裴大人，已經到豫州了，護衛會護送您去莊子，我等押送糧草前往徐城。」

豫州前兩日下雪，再加上以前的雪沒融化，入目一片銀白。城門、房屋，還有道路全是雪。

徐城在豫州北面，也是御朝的邊城，相鄰北境，有十萬大軍。

裴殊掀開車簾，從車上下來，看著運糧官的臉凍得通紅，裴殊點了點頭。「路上小心。」

運糧官道：「裴大人也小心。」

他對裴殊難免心生好感，因為什麼都比不上糧食重要。裴大人不遠千里，來豫州城，是為了節省運糧的人力、物力，此等義舉，值得欽佩。

裴殊看著車隊走遠，剩下不過五、六十人。「走吧，早點過去，早點安置。」

李昱霖眉頭緊鎖，這一路他沒和裴殊說幾句話，如今到了豫州，他對以後幹麼還一知半解呢。

「裴大人，我們究竟要做什麼？」

裴殊道：「邊關十萬將士，終日勞苦，我們種菜，讓他們吃好一點。」

李昱霖眼睛滿是不可思議，在西北種菜，還是數九寒天，怎麼可能種出菜來？

「裴大人，你就是這麼在皇上面前說的？你可知欺君是殺頭的罪，你……」

你想死，幹麼還拉上我啊！

周長生抿了下唇。「裴大人，李昱霖他一時性急，才出言不遜……」

裴殊笑著看向兩人，他穿得多，裹了兩身棉衣，身上還披了一件厚實的大氅，臉色凍得泛白，皮相卻極好，眼尾微微上挑，有一股傲氣在其中，看著的確不像來幹正經事。

裴殊說：「很多事，你不懂，並不代表沒有，不然你以為隨行的數百輛運糧車裡裝的是什麼。」

李昱霖還是不信，難道那些氈布下面全是菜？

裴殊想在冬日種菜，可沒有暖棚，西北一帶土地都不肥，現在土都結凍了，怎麼種？

周長生卻是信了幾分，皇上任命，必然有皇上的緣由。

周長生道：「大人，事不宜遲，我們趕快過去吧。」

裴殊搓了搓手，手不像剛來那時腫了，腳上的凍瘡也消下去了，顧筠給他的藥很好用。

今兒是臘月十三，過兩天就是顧筠的生辰，不能跟她一起慶祝，裴殊心裡也不高興。當他就心甘情願來嗎？他難道不想和顧筠在熱呼呼的炕頭上說話、吃松子？誰想費這個力！

裴殊面上一寒，轉身上了馬車。虎子趕緊鑽了進去。

李昱霖站在原地，周長生看他沒有動的意思，道：「李兄若是想抗旨不遵，可以駕馬回去。」

李昱霖怎敢抗旨不遵。

周長生道：「若是沒有，就快點上車，別再耽誤。」

車夫趕著車去城郊的莊子。說是莊子，其實是一片荒地，地裡全是草根碎石，用刀插進去，發出叮的響聲，只入地一寸，更別說鋤地耕地了。

李昱霖沈不住氣，眼睛一直盯著裴殊。這邊有安王打過招呼，莊子上數百人。

裴殊見了莊子管事，自然也帶上周、李二人。

漏風的小屋裡，一群人擠著說話，裴殊問道：「莊子總共多少地？」

管事答道：「回大人，總共四百三十畝。」

裴殊道：「一畝地蓋五個棚子，坐北朝南，這是圖紙，棚子要高，一定要密不透風，四邊留凹槽燒炭。」

管事看了圖紙，點了點頭，這倒不難，土雖然結凍了，但也能動工，莊子人多，幾天就能蓋好。

「裴大人可還有其他吩咐？」

裴殊道：「這樣的木箱子，找工人做，越多越好，時間緊急，還望諸位快些。」

李昱霖道：「裴大人，那我們呢，我們做什麼？」

他一路上雖然抱怨，那也是怕來西北之後庸碌無為，無事可做。周長生說得沒錯，既然來了，就聽話，就算裴殊是裝的，做不好事，皇上也會責罰他，沒必要自己強出頭。

裴殊說：「你們一個去看著棚子，一個看著箱子。虎子，你跟我去看看種子。」

菜種都在庫房裡，有十三袋，委實不少。

一邊蓋棚子，一邊做木箱，還得育苗育肥。

所以來莊子之後，裴殊都沒歇息，就在屋裡育苗，每日和種子同吃同睡，不過這裡暖和，相比其他人少受兩份罪罷了。

李昱霖跟著蓋棚子的工班，由於他沒幹過這種活，也不必跟著莊戶的人動手蓋房。

看樣子……是要蓋暖棚？真是胡來！

暖棚得用琉璃，琉璃多貴啊！還要求密不透風，連個照太陽的窗子都沒有，怎麼長莊稼？再看這地，全是荒地……

且看裴殊有幾個腦袋胡作非為吧！

周長生只管弄木箱，這和筐子差不多，筐子有凹槽，下頭是布條，做起來還挺容易的，等筐子做好，就立刻送到莊子。

過了五天，第一批棚子已經蓋好了，李昱霖和周長生才知道，菜是怎麼種出來的。不用土，只用水，菜苗就長得很高，棚子裡擺著一筐一筐的菜苗，這些全是邊關將士的糧食。

真是見所未見，聞所未聞。

裴殊話很少，除了交代事情，幾乎不與他們說話。

裴殊交代，每日中午搬這些菜出去曬一個多時辰日照，再搬回來。天太冷，不能按照在盛京的法子，只能少曬，不然下頭的水就會凍上，可能葉子會黃，但沒別的辦法。

菜苗一天一天長大，棚子裡溫暖如春，李昱霖不再說別的，就守著這些菜。

周長生記得祖母說，要是能跟裴殊學點，能受用終身，但他不好意思問。

裴殊是士農司司命，既管農桑之事，又與軍事息息相關，惠利百代。

裴殊這次真的出息了，沒日沒夜地幹活。

在莊子，只有兩個廚子，雖有肉有菜，可味道不敢恭維，裴殊也沒心思自己煮飯，忙得焦頭爛額，哪有那個閒心。

周、李二人吃得不好，卻不敢說什麼。飯菜是果腹的東西，他們嫌吃得不好，可好歹有肉有菜，能吃白米飯和蒸饅頭，比幹活的人好多了。

要說苦，比他們苦的大有人在，裴殊幹的事更累，莊子上的人只能做些力氣活，其他事皆是裴殊親力親為。

他們兩個有什麼資格抱怨？

周長生道：「倒是咱們目光短淺，總以舊待人了。」

怪不得祖母那麼說，明明什麼都不知道，但年紀大看得長遠，比他們強多了。

臘月二十三，豫州飄雪，他們來這裡已有十天，裴殊徹底歇了回去的心思。

他往嘴裡塞了一小塊肉乾，心道，等肉乾吃完了，就能回去了吧？

吃完肉乾，裴殊在屋裡坐了一會兒，然後把周長生和李昱霖叫了過來。

「育苗並非把種子直接泡到水裡，而是把種子撒在粗布上，一點一點往上灑水，時間並不固定，看種子快乾了，就灑，寧可勤快一點，也別貪快偷懶，一次灑太多。棚子裡一定要暖和，和早春差不多暖和，出去曬太陽的時候要快些搬，別把菜凍壞了。」裴殊想了想需要注意的地方。「肥料要按時施……」

肥料是草木灰淤泥混著牲畜排泄物，周長生和李昱霖不會弄，要讓他們這些公子哥兒做這些也難。

兩人沒想到裴殊會告訴他們這些，就像師父一樣，盡心指點。「大人，您……」

裴殊只是想早點教會他們，自己早點回去，不然一輩子都得在這兒種菜，不過他也不會傻傻地把原因說出來。「既然皇上設立士農司，必然想到了長遠之處，你們二人也算我的下屬，我自會盡心竭力。」

李昱霖低下頭。「大人，先前多有得罪，還請您原諒。」

裴殊不甚在意地擺擺手，他不指望周長生他們多恭敬，他只想回家。

李昱霖羞愧至極，都說士別三日當刮目相看，他總拿之前的目光看裴殊不說，還以小人之心度君子之腹。

裴殊一點都不藏私，真心實意地教他們，與工人同吃同住，一點架子都沒有……想來當初敢離開國公府，也是有成算、有底氣的。

兩人做事比之前認真許多，甚至做起蓋房子、做木框、混農肥的事，總而言之，希望自己做得好一點。

裴殊對他們的表現也算滿意。

臘月二十六，安王派人過來了。

徐城和豫州離得並不遠，小半日就到了，來者是安王副將，正二品大將軍。

見到裴殊，這個手上有無數敵軍性命的三十多歲漢子眼眶都熱了，給裴殊鞠了一躬。

「裴大人，我替邊關將士謝謝您！」

裴殊把人扶起來。「我也得替百姓謝謝他們。」

聞言，陸將軍的眼眶又熱了，為了百姓駐守西北，在這裡沒有春夏秋冬，只有終日嚴寒，高山峻嶺，呼嘯的風雪和一眼望不見的故鄉，若非為了百姓，誰願意在這種地方受苦。

聽此一言，陸將軍心裡倒是好受許多，總有人記著他們，願意趕過來不懼嚴寒風雪，把菜送到他們那裡。

陸將軍道：「兩批菜，都收到了，他們還沒吃過這麼新鮮的白菜、青菜，隨便煮就很好吃，日子有盼頭了。」

裴殊這次是真心實意地高興，身後周、李二人也笑了，倒是安安靜靜不敢插話。

莊子裡的人遠遠見了陸將軍，時不時往這邊看一眼。

陸將軍說：「此次多謝裴大人，幸好有裴大人。」

他在西北，沒聽過什麼傳言，反正看裴殊就像看菩薩一樣。可不就是菩薩嗎？裴殊相貌端正，一雙眼睛眼尾微微上挑，有股難言的傲氣，穿得倒是不少，一臉淡然。

殊不知裴殊這是受凍所致，他咳了兩聲。「將軍先進屋吧，菜還得等些日子，年後能吃上。」

陸將軍跟著進屋，腳踩在雪地上，咯吱咯吱作響，他此行一是為了安撫裴殊，二是來看看菜棚怎麼樣。

安王說裴殊遠道而來不易，馬上就過年了，有什麼要求儘量滿足。

裴殊先是問了自己什麼時候能回去。「皇上設立士農司不僅為了邊關糧草，我能做的也不止這些，早些回去才能做別的，我不想耽誤春種。」

陸將軍道：「裴大人，安王的意思是第一茬菜種出來時您就能回去，剩下的交給他們做。」

裴殊看這邊的工人年紀都不小，很多腿腳不好。「這邊工人都是戰場上下來的嗎？此處嚴寒，不易養傷。」

陸將軍語氣有些哽咽，他知道大男人，一直這個樣子也丟人，不過今天心情起伏，也顧不得了，他深吸一口氣，道：「裴大人猜得沒錯，那些人家裡已經沒人了，願意留在這邊，若起了戰事，估計二話不說，拿起刀劍就上戰場了。」

李昱霖微微張著嘴，心裡怦怦怦地跳。周長生沒想到還有此等緣由。

裴殊算了算，再有二十天，菜就長成了，正月十五就能回去，快了。

陸將軍見這邊條件也不好，屋子漏風，邊角都是用布條塞上，屋子裡全是箱子，上頭堆著發芽的種子，屋裡黑漆漆的，外頭又全是雪，他忍不住道：「裴大人辛苦了。」

裴殊道：「不妨事，苦也不及將士苦，我倒希望多種點菜，讓他們吃好一點，吃菜吃肉。」

陸將軍露出一絲苦笑，吃菜難上加難，吃肉談何容易啊！

西北一帶不易養殖，不打仗，將士就沒肉吃；打了仗，就是把腦袋別褲腰帶上，肉還不知有沒有命吃。

難不成裴殊有辦法？

陸將軍眼睛一亮。「裴大人，難不成還會養豬？我就是個粗人，大人莫要見怪，若是……」

裴殊心裡不是滋味，他離開國公府，都覺得有時候日子挺苦，卻不想還有更苦的。

「只能盡力一試。邊關將士不少，若都想吃到肉，養幾隻也不行。將軍要是有門路，找個地方給我，找一批豬仔、雞仔，若雞仔不好找，可以找雞蛋，我試試看，養出來的肉也是一文錢一斤，如何？」

陸將軍道：「我一定盡力找！」

就算不行那也不怪裴殊，只能怪這裡氣候太艱苦，不適合牲畜生活。

陸將軍又去菜棚裡看了看菜，木箱裡的菜苗嫩綠，在暖和的棚子裡往上生長，雖然有些黃，可在此地長這麼大，就已經是奇跡了。
陸將軍應下裴殊找豬仔、雞仔的事。
「裴大人，我過來是為了送年禮，瞧這一忙都忘了。」
西北人煙稀少，買個東西都難，安王怕裴殊過不好年。
裴殊道了聲謝，等陸將軍帶著一眾將士離開後，便看了看年禮：一個豬大腿，三隻凍雞，一袋米，一袋麵，兩條凍魚。
炭火是不缺的，別的東西也沒有，可有這些裴殊就知足了。
李昱霖和周長生舔了舔嘴唇，他們出門快一個月了，在路上受冷受凍，來這兒之後雖說有炭，但是吃得不好，他倆哪受過這種罪。
這回有比較豐盛的食材了。
裴殊都是跟虎子一塊兒吃飯，周長生和李昱霖自己吃。
裴殊把豬大腿一分為二，要了後頭帶豬肘子那塊，分給了他們一隻雞，米、麵各給了半袋，魚給了一條。
剩下的是他和虎子過年吃的。
虎子把東西歸到一處，也沒見多高興，頭一回出來這麼遠，他有點想家了。「公子，您說夫人她們在家裡也準備過年了吧，她們吃啥啊？是不是也有肘子、有雞，還有魚、有蝦，啥都有？家裡也賺了不少錢，肯定能過個好年……」

裴殊動作頓了頓。「應該是吧，她們在盛京，暖和一點，吃得好一點。這邊太冷了，咱們做完事，也早點回去。」

李昱霖和周長生心裡沒多大歡喜，他們還以為過年和裴殊一起吃飯，結果不是。

誰沒吃過豬雞，他們想多和裴殊說話，畢竟以後在裴殊手底下做事，總不能一直這樣，但裴殊好像沒這個意思。

也罷，他們兩人一起過年吧！

第十八章

臘月二十八，裴殊早起給炭爐添炭，莊子門口有犬吠。

莊子養了三條看門狗，平日很聽話，還沒見牠們這麼叫過。

裴殊把大氅披上，夜裡風大，寒風簌簌，天黑漆漆的，只聽見狗叫聲，還有車馬聲。

裴殊還以為是陸將軍送豬仔過來，心道，陸將軍竟然挑這時候，又一想那肯定得快點，畢竟天冷，豬仔不能受凍。

裴殊裹著衣裳，往前頭迎了迎，兩輛馬車停在雪地中。

馬的眼睛極亮，車簾掀開，先下來一人，是裴殊極其熟悉的身影。

春玉先下車，三條狼狗朝著她們汪汪直叫，車夫也有點怕。

春玉道：「夫人，這狗一直叫，不過拴著呢，不然奴婢喊一聲，把公子喊出來。」

車夫是安定侯的人，隨行的幾個護衛也是，春玉一下車就覺得冷，不過車裡也冷。

顧筠也從車上跳下來，路上嚴寒，十幾天也習慣了，到了豫州反倒不覺得有什麼。「先下車吧，煩勞車夫去前頭看看。」

顧筠想，來得還真不巧，半夜過來，天還黑著。

車夫應了一聲，提著燈籠往前走，見一人踩著小腿高的積雪慢慢往這邊挪，就問了句。

「這裡可是裴大人的住處？」

裴殊大聲喊道：「是！春玉？」

顧筠使勁地眨了眨眼，天黑漆漆的，看不清那人面容，可就是裴殊的聲音。

春玉道：「夫人，那是公子！那真是公子！」

裴殊跑了兩步，這邊雪大，前天後半夜就下雪了，前頭的雪還沒融化，又下了新的，結果就到了小腿肚。

聽見動靜的人也醒了，都披著衣裳出來看。

李昱霖揉著眼睛。「這誰啊？怎這時候過來……」

周長生道：「不知，不過像裴大人熟悉之人。」

裴殊跑得快，他沒跑這麼快過，也沒想過自己能跑這麼快。離得近了，總算能看清顧筠的面容。

不是讓春玉過來送年禮，而是顧筠過來了，跟他一塊兒過年了！

顧筠往前走了幾步，被裴殊一把擁入懷裡，在外頭待一會兒就臉涼手也涼，衣服都是涼的，唯有一顆心是熱的。

裴殊把顧筠裹在大氅裡。「冷不冷？妳怎麼……怎麼過來了？這多冷啊！妳傻不傻啊……」

他是過來人，知道這條路多不好走，裴殊鼻子泛酸，抱著顧筠的手臂勒得極緊。

顧筠道：「咱們成親後的第一個年，總得一起過。盛京沒什麼事，我都託付給阿湘了，路上也不怎麼冷，倒是你，在這兒受苦了吧？」

裴殊道：「不苦。」

清韻和綠勺也從車上下來了，她倆對視一眼，嘿嘿直笑，覺得這一趟來得值得，也不枉頂著風雪走一千多里路。

春玉道：「公子，快進屋吧，車上還有不少東西呢！」

裴殊把人放開。「對，進屋、進屋。阿筠，我帶妳過去。」

裴殊拉著顧筠的手，讓她走在自己後頭。

顧筠慢慢打量著這處，莊子沒有圍牆，就兩個石塊，旁邊一個狗窩，養了三隻狼狗。裡面和家裡一樣的棚子，還有不少屋子，應該是給幹活的人住。

出來看的人不少，都裹著厚衣裳。

裴殊讓顧筠先進屋，又讓給春玉她們安排幾間空屋。「先住下，明日再打擾。」

李昱霖和周長生這時才知道來的人是裴殊的夫人——那個隨他離開國公府，又從盛京趕過來，陪他一塊兒過年的新婚妻子。

裴殊臉上一直帶著笑，看起來特別礙眼，平日裡他們看裴殊都不怎麼說話，笑就更別指望了。不過換成他們，若是新婚妻子不遠千里趕過來，他們也能樂成這樣。

兩人早已成親，家裡有嬌妻美妾，卻不見一封信，一點東西。

見李昱霖面色發苦，周長生安慰道：「他們才新婚，正是蜜裡調油的時候，別想了。」

李昱霖道：「我現在倒是真心實意羨慕他，你說，他沒了世子之位，卻得皇上器重，還有這麼一個重情重義的妻子，也是值了……你說這算不算是置之死地而後生？」

周長生沒了安慰的心思，他點點頭。「自然算的。」

說不羨慕是假的，周長生也羨慕。

有什麼比一個女子願意跟你同甘共苦更讓人動容的？沒有，大抵女子都覺得顧筠腦子不好，夫君這般還不和離，雖說重情義，可真覺得不值。他們男人嫌裴殊丟人，心裡卻是羨慕的，這回顧筠來西北，更是嫉妒不已。

李昱霖揉一揉凍得發僵的臉，也沒說女子過來添亂的話，她來自然是問過安定侯，興許皇上也知道，裴殊該高興極了吧。

「行了，還早呢，睡覺去。」

那麼厚的雪，多冷，還是被窩裡暖和。

李昱霖和周長生睡一屋，倒也有伴，只是兩人誰也不說話，雖然沒什麼睏意，就躺在被窩裡等待天明。

這廂，裴殊把顧筠送進屋，自己又出去了。

廚房就在旁邊，裴殊熬了點薑湯，又煮了一碗疙瘩湯，這邊好東西少，但米麵不缺，先做一點填飽肚子。

虎子聽見動靜才剛醒，一臉詫異。「哎，妳們怎麼過來了？」

春玉幾人還要把帶來的東西分類好，這趟帶了不少年貨，夫人說路上冷，東西不怕凍壞，可以多帶一些。除了豬肉、臘肉和雞鴨魚肉，還有不少的雞蛋，家裡現在有三十隻雞，有二十六隻母雞，一天就有十多顆蛋，存十天就一百多顆了。

車上有炭盆，她們一路上也不至於受凍，還有點心、乾果、厚衣裳、鞋子……

就怕公子在這兒受苦。

虎子看這一堆東西不禁大叫，春玉白了他一眼。「沒見識，值得大呼小叫的，給你的。」

虎子打開一看，是棉帽子和護膝，嘴瞬間就咧到耳朵後頭去了。「嘿，還有我的，這怎好意思。」

綠勺道：「不好意思別要，明明想要，嘴上卻這麼說，看來是沒受夠罪。」

清韻打圓場。「好了，一家團聚是高興事。」

虎子跟著點頭。「是、是，高興。一路上可受罪了吧？快去屋裡暖和，妳們三個擠一起吧，這邊有炕，人多睡著暖和。」

春玉幾人沒意見，她們睡哪兒都行，再說一路上雖冷，可沒真受什麼罪，裴湘給了不少棉花，她們一路上裹著，其實也不冷。

要不是家裡又往西北送了一回菜，不然她們幾個也過不來。

看那些護衛，在雪地裡，也沒車可以坐，才真受罪。

清韻她們只能做點熱湯送過去，聊勝於無。

虎子道：「這好說，我一會兒送些炭火和吃的過去。公子那邊煮了薑湯，我一會兒拿過來。天亮還早，姊姊們再睡一會兒，早起有我照顧公子夫人，不必擔心。」

春玉三人喝了薑湯，這才梳洗躺下。

顧筠吃了疙瘩湯，一大碗裡頭放了肉絲，湯裡還有青菜。

裴殊讓她捧著喝，自個兒把炕燒熱，又搬來被子鋪床上。「還冷嗎？夠不夠吃？薑湯還有。外頭燒著水，妳一會兒泡泡腳。有生凍瘡嗎？給我看看。」

顧筠把腳縮回來。「你別亂動。路上雖然冷，可我們沒凍著，我們是跟著運糧官一起過來的，他們才辛苦。」

相比之下，坐在馬車裡，有厚被子，哪叫冷呀！

裴殊把大氅披在顧筠身上。「妳們又不一樣。多吃點，鍋裡還有呢！」

顧筠笑了笑，見裴殊坐在燭燈下，就一個小板凳，旁邊還有一堆木箱子，眼巴巴地看著她。

顧筠說道：「你也別光看我……」

裴殊道：「我都快一個月沒看了，為什麼不能看？我又沒別的事。」在這冰天雪地，裴殊只有一顆心是赤誠火熱的，一想到顧筠奔波千里，和他過年，就覺得什麼都值了。

顧筠低下頭，疙瘩湯喝了一半，剩下的全進了裴殊肚子裡。

裴殊去洗了洗，然後鑽進被窩，他一個人的時候可以隨便，但和顧筠在一起得講究，不能讓顧筠嫌棄他。

炕是熱的，人也是熱的，裴殊沒忍住，把人抱到懷裡，他算是明白什麼叫溫香軟玉了。

顧筠有點喘不過氣了，被子太厚了，裴殊還抱得緊，不過這樣暖和。

顧筠伸手摸了摸。「瘦了……」

裴殊抓住亂摸的那隻手。「別動，哪兒瘦了？我穿兩件棉衣，再披個大氅，跟隻熊一樣。」

「那也是看著胖，你在這兒，臉也糙了，手也糙了。」暗黃的燭火，離得近了，顧筠才能好好看看裴殊。

西北風大，也冷。

裴殊心一驚。「那怎麼辦？是不是不好看了……」

原身有一米八三，臉長得也好，若是糙了，那怎麼辦？

顧筠道：「還能怎麼辦，看著倒也還行，明日抹點東西，塗抹兩日就好了。你一個男人，要那麼好看做什麼？」

裴殊道：「好看也是給妳看，我若不好看了，欠著錢，又不能賺錢，還不能陪妳，妳還喜歡我什麼……」

顧筠想把裴殊的嘴捂上。「別胡說！你是我夫君，本就該同甘共苦，讓你一人來西北，我卻在家中吃香喝辣，我也吃不下去。夫君可還記得當初離開國公府時，公爺說你丟了國公府的臉面，可我不覺得，你是我夫君，只要不賭錢喝酒，懂上進，什麼樣子我都喜歡。」

裴殊把人攬到懷裡，抱了半晌，把被子拉到兩人頭頂，摸黑親了上去。

顧筠嚇了一跳，僵著身子一動不敢動，她與裴殊最親密的行為也就是牽個手，抱一抱了，這樣唇齒相接，手指纏在一塊兒，被窩全是喘息的聲音。

顧筠聽見自己的心怦怦跳，不知過了多久，被子掀開，裴殊把胳膊和腿全放在外頭，張開嘴大口喘氣。

待了半晌，他又回來把顧筠抱懷裡。「阿筠，我親妳的時候，妳舒服嗎？」

哪有人問這種話的！

顧筠把人推開。「你快睡吧，我還睏著呢！」

裴殊卻想再問，又不好意思貼上去，只拉著顧筠的手。他睡不著，身上熱，下面也難受。

裴殊腦子裡想東想西，他就想把人抱到懷裡，就想在被窩裡躺著，什麼都不想做，想把顧筠揉進骨頭裡，偏又捨不得。

顧筠背對著裴殊，她不知道他這般孟浪，這種話也說得出口。

顧筠悄悄舔了一下嘴唇，她也不知道舒服不舒服，當時腦子都空了，哪顧得那些？

次日，顧筠醒的時候，裴殊不在了，炕還是熱的，炭盆裡的炭是新添的，屋裡很是暖和。

她穿好衣服，疊好被子，擺好炕上堆的東西，這才出去。

一出去，就覺得冷了。

寒風凜冽，白日看這裡，又是一番迥然不同的景色，遠處蒼茫一片，群山也是雪色。除了這邊的棚子，其他地方空蕩荒蕪，有未建成的棚子，周圍堆著磚頭木頭，這裡的生活好像一眼就能望到頭。

莊子裡的工人來往走動，還能聽見犬吠，應該是昨晚看見的狼狗。

裴殊正好從棚子裡出來，看見顧筠笑了笑。「廚房在旁邊，裡頭有熱水，妳先梳洗，一會兒吃飯。」

顧筠點點頭，轉身去廚房拿熱水。有兩個爐子，完全不怕水不夠用，廚房還有一個大鍋，兩個櫃子，一個放碗筷，一個放米麵肉菜。另一角堆著柴火和黑炭，鍋旁有大水缸，顧筠拿了水梳洗，又把鐵壺添滿涼水，放在爐子上燒。

鍋是熱的，裡頭溫著飯，顧筠回屋把裡頭打掃乾淨，一邊等著裴殊回來吃飯。

飯是春玉早起做的，從盛京帶來不少凍餃子和灌湯包，蒸一下就能吃，再做一道雞蛋湯，早飯就成了。

虎子聞著香味，口水都要流出來了。「妳說賣餃子的時候成天吃，總覺得吃夠了，現在吃不著了就想念，還是咱家的餃子好吃。」

四人一塊兒吃飯，虎子道：「這邊事也不多，本來公子打算正月就回去，這回夫人來了，回去估計早不了。前頭屋子住著李昱霖和周長生，一個是永康伯府的，一個是順德侯府的，平日不愛說話，卻愛往公子這邊湊。哼，我瞧他們不像安好心的。」

春玉她們三個不懂這些，只是知道裴殊來這邊不容易，竟然還有人為難，一想又是世家子弟，總覺得心裡不得勁。

「咱們家公子，不比別人差的。」最後，清韻說了這麼一句。

綠勺點了點頭。

這話要是虎子、春玉說，也不值得什麼，可清韻是顧筠的丫鬟，心裡難免對裴殊有怨氣，她都這麼說了，那證明這話不假。

等顧筠和裴殊用過早飯，春玉過去把碗筷收拾乾淨，昨日的東西還得整理一下，明天就是大年三十，還得過個好年呢。

白日裴殊要忙，顧筠就收拾屋子，一個男人在外頭，哪顧得上這些。

她們帶來不少吃的東西，像瓜子之類的就分給大家，不過莊子上人多，一人才分一把。

莊子上的人歲數都不小，也沒人說顧筠胡鬧，反而覺得她不怕吃苦。沒人比他們更明白這裡到底有多苦，四處荒蕪，少有人煙，雖是個城，可隔幾十里都找不出一戶人家。

城內更甚，賣東西的人也少，看著破破爛爛。

顧筠的到來，倒是給這莊子添了幾分色彩。

也有人問李昱霖和周長生，多大了，娶親了嗎？兩人答不出來。

又有人問，這麼多天了，怎麼不見一封信或人來找他們呢？兩人都快嘔死了，還得面帶微笑，因為他們得跟著這群人幹活。

等到中午，裴殊從棚子裡出來，李昱霖親眼看著顧筠從屋裡出來，往外迎了兩步，然後笑著一同回屋，裴殊伸手，把門砰一聲關上了。

午飯吃餃子，從盛京帶來的冷凍餃子有十幾斤，足夠吃幾天。配上麻醬，味道很好。

裴殊在這邊受苦了，一人吃了二十五顆餃子，虎子吃了三十顆。

虎子吃完打了個飽嗝。「夫人，還好妳們過來了。」

顧筠看著心疼。「不夠吃再去煮，還有呢！」

虎子抹了把嘴。「夠了、夠了，嘿嘿……」

裴殊道：「這麼點餃子就讓你笑成這樣。」

虎子沒敢頂嘴，可他瞧著公子比他高興呢，誰都能看出來。

裴殊這也算走馬上任，按理能帶家眷一起過來，可西北嚴寒，他走得又突然，盛京還一堆事，全是顧筠一人處理好。

顧筠把事情都辦妥了，才過來。

餃子攤和湯包攤在城裡租了間小鋪子，她把方子給了白氏和徐老太，比起年紀輕不經事的兒媳婦，兩個老人顯然更有遠見。

給了方子，分成卻不變，顧筠一家全去西北，歸期不定，那生意全由著他們做，做成啥樣，賣多少，哪怕作假，裴家也不知道。甚至他們把方子當成自己的，偷偷去別的城擺攤做生意，顧筠也不知道。

白氏有過這個念頭無數次，可說著簡單，裴殊去西北上任，每日從裴家拿菜的都是體面人，他們雖然不懂官場上的事，卻也明白裴家現在有靠山。

顧筠既然敢把方子給他們，就拿準他們不敢做別的，就算出事，顧筠也不可能吃虧。

貪心不足蛇吞象，白氏囑咐兒子媳婦好好幹，不許偷奸耍滑，更不許把方子告訴別人。

徐老太亦是如此，她六十多歲了，平日裡雖計較些小事，但大是大非上沒糊塗過，別人家的東西就是別人的，你就算占了，興許頭兩天躲在被窩裡偷著樂，可後頭就會想，這些錢，還有好日子都是從裴家偷的，總會日夜憂心，若是裴家回來，他們的好日子也就到頭了。與其如此，還不如一開始就本本分分，好好幹，興許最後還能多拿點銀子。

媳婦兒子不識字，就讓孫子看著記帳，同時，徐家也管著裴家的雞鴨，顧筠說每日給五個雞蛋，當作工資。

冬日，雞下蛋少，二十六隻母雞也就十幾隻下蛋，剩下的徐老太都小心放好，只等著顧筠他們回來。

家裡的菜地棚子是趙老漢、李老頭、徐老爺子三家管著，每日送菜、記帳。顧筠走的頭幾天還有些慌亂，後頭也就應付自如了。

這都要過年了。

在飯桌上，顧筠挑要緊事說了。「年禮也準備好了，趙叔會幫忙送過去，總共有國公府、侯府、安定侯府三家，其他的親戚不常走動。」

兩人被趕出來，所有人恨不得避如蛇蠍，怎會來往。

顧筠道：「你上任的事我未寫信告訴家裡，只和阿湘說過，她應該也不會說。」

裴湘沈得住氣，她覺得現在不是說的時候，起碼要等到裴殊回來，聖上賞賜的時候，那才光耀門楣，當然也不是英國公府的門楣，而是裴家的門楣。

顧筠這次把家裡的錢都帶過來了，自己的一千五百兩銀子，還有公中二百多兩，裴殊那裡還有九百兩，也不知花了多少。

裴殊根本沒用多少錢，而且家裡又賣了一回菜，九百兩銀子在他手裡。

他自己留了十兩，剩下的全給顧筠了，顧筠記了帳，欠條還剩五千七百兩。蔬菜生意好，用不了多久就能還完。

銀子放兩個匣子，顧筠也不是把裴殊當外人，只是親兄弟還明算帳呢，這是裴殊成親前欠的銀子，自然得他自己還。

不過算起來，年前大半年，家裡存下錢了，有一千六百五十兩銀子。

裴殊鬆了口氣，覺得自己還得使把勁，快把錢還上，他心裡也不至於總壓著一塊大石頭。

吃過午飯，裴殊去了菜棚子，顧筠則是帶著春玉在附近轉了轉。

除了雪還是雪，莊子的管事說，這裡窮苦，山川綿延，冬日又冷，有時隔幾十里都不見幾戶人家。

豫州城內就跟別處的小縣城一樣，都窮，不見什麼富人，就連豫州城守也是寒門出身，稍微有些門路都不會來這兒。

管事道：「但裴大人不一樣，裴大人就像冬日的一團火，把這冷天黑夜都給照亮了。」

提起裴殊時，管事眼裡充滿希冀，他並不知道這個盛京來的年輕公子哥兒到底能不能把豫州變好，不過他能讓徐城吃苦的將士過上好日子。

徐城的將士都在山上，那裡才是真的苦。

原本裴殊都準備正月走了，這回顧筠來了，也不急著離開，因此對著顧筠，管事還是願意真心實意叫一句夫人。

「豫州城守的夫人不在這邊，夫人若想找人走動恐怕是不行了。」

顧筠搖搖頭。「不，我就看看。」

這裡離盛京那樣遠，景色又是那樣不同，興許，裴殊和她要留在這裡半輩子。

她去了棚子，裴殊在種蘑菇，有一些已經採收了，就放在袋子裡。

顧筠道：「這些蘑菇烘成乾吧，能放久一點，而且，要是來人運，也方便。」

裴殊沒想到這個，他以為有了蔬菜就不用吃菜乾了，但其實菜乾和蘑菇乾更能節省運輸成本，吃起來口感雖不如新鮮的，但現在也不是挑剔的時候。

蘑菇總共種了兩畝地，並不多，長出來的大蘑菇才能吃，也就二十幾袋。收上來的蘑菇怕擠壓，沒有青菜好運送，到那邊都碎了，但陸將軍從沒說過，在他看來有得吃就不錯了，哪有挑剔的餘地。

顧筠也是無事可做，屋裡暖和，又有爐子，炕燒得熱，正好烘蘑菇。大大的蘑菇傘變成了小小的蘑菇乾，五袋蘑菇才裝一小袋。

裴殊這回種的蘑菇不多，但其實蘑菇比青菜好吃，蘑菇有嚼勁，口感有點像肉，味道還香。只不過菌種不多，種得就少了，陸將軍也沒提過要多少，裴殊也顧不上這些。

顧筠知道他們吃不到肉，管事說軍營日子艱苦，她就想幫忙做點小事，哪怕是為了裴殊。

蘑菇曬乾裝袋送過去，有一些青菜也可以這樣運，蘑菇還能做成醬，裡面多少加點肉丁，也能當肉吃。

明天就除夕了。

顧筠讓虎子去祝州看看，有沒有豬肉，過年期間大家都殺豬，有的話買回來，肉越多越好，不怕壞。

祝州在豫州南面，比豫州富裕，百姓也多，家裡養的肥豬都出欄了，原本想留著自己吃，可見有人買肉，又忍不住把肉換成銀子。

一斤肉十一、二文，像肥肉能賣到十五文，虎子跑了半天，天黑真帶回來了一車肉。二百來斤，也就花了二兩五百文錢。

裴殊以為這是留著他們過年的。「這麼多肉，全咱們吃？」

顧筠道：「不是，做點東西給莊子工人和西北將士吃，算是咱們百姓的一點心意。」

裴殊問了句怎麼做。

顧筠說：「熬點肉醬，加些香菇丁，做出來給你嚐嚐。」

裴殊現在啥都想吃，但顧筠說給工人和將士，他點了點頭。「辛苦妳了。」

簡單吃過晚飯之後裴殊又去忙了，顧筠她們收拾了碗筷。

棚子裡有小蔥，摘了一大捆，摘洗乾淨之後切成細絲。春玉手腳快，趁著這會兒工夫，把豬肉和剩下的香菇也切成丁。

肉丁切了三盆，香菇丁切了二十多盆，盆子和木桶都是向莊子管事要的，顧筠還要了五十個陶罐子，不夠的話明早再去買。

鍋裡倒小半鍋油，然後炸肉丁，等豬肉顏色炸得紅亮，再下蘑菇丁，肉和蘑菇的香味從廚房裡飄出來。

顧筠沒做過這些，只知道裴殊做麻醬的時候放了不少調料，便把帶來的調料都撒進去一點，又加了花生、黃豆、小把乾辣椒，總之一鍋顏色金黃，聞著也香。

顧筠嚐了一口，還挺好吃的。她炒好一鍋肉醬，裝進陶罐，趕緊炒下一鍋。

這味道飄得老遠，聞著腦袋暈暈乎乎的。

一晚上炒了八鍋，剩下的明早再炒，這麼點暈，運到軍營估計也不夠十萬人分，要是多來幾次，也就夠了。

裴殊回來得晚，顧筠煮了點麵給他，就拌著這個醬吃，也能吃一碗。

吃完麵，裴殊梳洗過後才躺進被窩，手一伸把顧筠抱進懷裡。「阿筠，這邊荒地多，我打算年後多蓋棚子種菜，再看看能不能養雞養豬，回盛京的時間恐怕要晚了。」

白日裴殊一直想這件事，顧筠來了，他便不急著回去，只不過讓顧筠和他在這裡受苦，他心中不忍。

顧筠道：「我覺得挺好的。夫君，有人居廟堂之高，也得有人處江湖之遠，有人讀書考取功名封侯拜相，那也得有人種地存糧，做那個種地的沒什麼不好，你看現在有官職，也有俸祿，你是正三品官員，國公爺才正五品，這樣我就知足了。」

裴殊笑了笑。「正三品就知足了？那以後正二品、正一品怎麼辦？皇上要看我種地種得好，非要把我供著……」

顧筠捶了他一下。「想啥美事，還把你供著。」

她心想裴殊可真能吹，啥都敢想，又忍不住期盼真有這麼一天。

不多時，莊子燈火熄了。

第十九章

盛京城正是熱鬧時候，鞭炮聲、煙花聲不絕於耳。

盛京已經熱鬧好幾天了，從早到晚。

國泰民安，百姓安居樂業，盛京城又是顯貴住的地方，前幾天下過雪，景色極好。

街上掛了各式各樣的燈籠，有大紅燈籠、魚燈、兔子燈，紅色的炮竹屑摻在雪中，有一股年味。

新年穿新衣，貼春聯，貼福字，新年新氣象。

平陽侯府後院，李氏帶著小兒子從正院回去，夜色已深，外頭是煙花炮竹聲，小院子卻是安安靜靜，母子倆什麼都沒說。進門前，李氏望著府外，最後嘆了口氣，搖著頭進屋了。

顧槿早早回去了，明日還有得忙，拜年守歲，也不知顧筠在西北，還好嗎？

且說英國公府今年，新衣都是從布坊拿布，可裴珍穿著覺得不對勁，就還穿去年的舊衣。

英國公問了句，裴珍道：「女兒覺得還是念舊好。父親，酒坊生意不錯，家裡過年喝酒不愁。」

徐氏同英國公說過在布坊買布的事，話裡話外的意思是五姑娘不懂事，怎麼自家人還算得那麼清楚，她沒少拿東西給裴殊，好像只有裴殊是親人，國公府的都是仇人。

這話算是說到英國公心裡去了，他也覺得裴湘不識大體，連這點東西都計較，布坊再賺錢，那不也是家裡給她的嗎？為何要斤斤計較？他看裴殊離開之後，裴湘的心也跟著走了。

對裴殊，英國公沒當日氣憤，這個逆子以後如何與他無關，他只當沒有過這個兒子。

裴靖自從被立為世子後，更加謹慎小心，極有一個世子的風度，國公府後繼有人，他沒什麼好擔心的。

思及此，英國公對著裴珍道：「珍兒甚是孝順。」

裴湘冷眼看著，也看出這是給她臉色，變相說她不孝順。

她要孝順幹麼？父慈子孝，他這個當父親的對孩子可有慈愛之心？

如今兄長一人孤立無援，好不容易得了官職，裴湘可不能讓這群人給毀了，徐氏一直盯著兄長，就怕又打什麼歪主意。

徐氏若是知道裴湘這麼想一定大呼冤枉，現在她是什麼人，裴殊是什麼人，她兒子是世子，裴殊就是個庶民，有什麼好計較的。

徐氏道：「還稀罕妳那點酒喝，妳可別煩妳父親了。」

英國公道：「無事。」

徐氏笑了笑。「公爺，明兒就是除夕，往年都是一家人一起過，今年三公子搬出去了，你們父子也有半年多未見面，老話說得好，父子哪兒有隔夜仇，要我說把三公子和媳婦叫回來，吃頓飯，一家人解開心結。」

英國公板著一張臉。「隨妳，他那性子，來了又要鬧，他若不願，也不必強求。」

徐氏一臉柔笑。「怎會，三公子成家了，懂事了。五姑娘，妳去走一趟可好？」

裴湘道：「不必白跑一趟，兄長是不會來的，母親還是省了這條心吧。」

徐氏臉一僵，一雙眸子柔柔地往英國公那兒一望。「這……」

英國公臉色鐵青，怒斥道：「當他是什麼東西，妳以後不許再去見他。裴湘，妳可還記得妳姓什麼，竟然分不清親人和外人，布坊賺點銀子全補貼他去了，妳看他可領情！」

說了這些還不夠，英國公越說越急。「他一個男子，靠親妹補貼度日，哪來的臉面，他若是回來，那才是髒了英國公府的門楣！明日裴殊若是敢出現，立刻給我打出去！」

徐氏本想看看裴殊落魄的樣子，再給他一些錢，既顯得她這個繼母慈愛，也能羞辱那身硬骨頭，可是國公爺不讓他進門，那就沒辦法了。

裴湘站了起來，她突然生出一股快意，若是父親知道兄長現在受皇上器重，背靠安王，那臉上該會出現何種表情？

這事他們早晚會知道，嫂子臨走前叮囑了好多事。

裴湘猶記得問起兄長任職之事可需要讓國公府知道，顧筠說：「妳見機行事，若是從別人口中聽見，英國公恐怕會怪罪於妳，所以還是妳說最好。不過，我同妳哥確實沒有再回國公府的心思，隨他們怎麼看、怎麼想，也渾然不在意。就算他們知道妳哥上進，想後悔，我們也不會給這個機會，不過阿湘卻是可以好好利用一番……

「若是英國公知道了，必然會想著叫裴殊回去，妳說了之後只管拖著，妳的親哥哥是皇上器重的正三品大員，誰敢小瞧妳？再說了，國公府只有妳一人同我們來往，妳該乘機拿些好處才是。」

裴湘覺得嫂子說得甚好，嫂子的意思就是兄長的意思，能利用為何不利用？

徐氏不是總想把兄長、嫂嫂踩進塵埃裡，不是想讓兄長做她兒子的登天梯嗎？徐氏以為兄長來這兒過年會衣衫襤褸，厚著臉皮乞討，偏不如她的意！

裴湘坐在他們下首，前頭是一言不發的裴靖和世子夫人，四公子裴遠眼觀鼻鼻觀心也不說話，裴珍離座去兩人跟前撒嬌。

裴湘垂著眉道：「父親既不關心兄長，何必做一家和睦團聚的樣子給外人看，怎麼？把兄長趕出去了，還要後悔，還要按著他的腦袋，讓他對國公府感恩戴德嗎？讓他給你的寶貝兒子做踏腳石？」

裴靖和夫人一言不發，他們一向如此，什麼都拿了，又好像什麼都沒拿。

徐氏臉色晃得一白，裴珍下意識去看她母親，英國公瞳孔微縮，像是被人戳中心事，嘴唇都在發抖。

徐氏穩住心神。「五姑娘怎麼這樣說話，妳兄長不當世子，那是因為他無才無德，德不配位，至於被趕出府，也是他生性忤逆，自己連夜出府。妳父親愛子之心，妳看不見不代表沒有，澄心院日日有人打掃，妳父親一直盼著他回來！」

「哦？盼著兄長回來，一個院子就是容身之所嗎？被趕出府的公子回來過年，府上的丫鬟小廝怎麼看他，在這裡除了我這個妹妹，他還有別的親人嗎？父親若是在意，大可派管事過去看，這半年多來一次都沒有！」裴湘淚水漣漣，搖著頭道：「幸好兄長受皇上器重，遠赴西北任命，不然明日回來，還不知受怎樣的白眼。」

英國公本在怒火上，他想反駁，卻不知從何說起，就聽到了那句「受皇上器重，遠赴西北任命」。

英國公腦子嗡嗡的，徐氏皺著眉，一副沒聽清的樣子，而裴靖眸色稍沈，又很快恢復往常的樣子，事不關己，連頭都沒抬。

裴湘道：「兄長、嫂子不在盛京，還準備了年禮，父親卻一點都不在意。罷了，女兒身體不適，先行告退。」

英國公站了起來。「妳別走，妳剛說妳兄長受皇帝器重……是真是假？」

裴湘福了福身。「這話自然是真的，父親若不信，可以去問安定侯，永康伯府和順德侯府也有兩位公子一同去了西北。我以為父親聽見兄長做官的消息會高興，沒想到卻是懷疑，女兒告退。」

英國公頹然地坐回椅子上，比起他一臉頹色，徐氏滿眼慌亂。

裴殊做官了？怎麼可能！他那個吊兒郎當樣子，只會喝酒賭錢，他竟然能當官？簡直是天大的笑話。

英國公想問裴殊當了什麼官，可裴湘已經走了。

裴靖垂著眼，不知在想什麼。

英國公只是個五品官員，閒時見不到皇上，而二兒子在御書房，前途不可限量，他不知道，那裴靖可知道？

英國公問道：「裴靖，你可知裴殊做官之事？」

裴靖抬起頭。「兒子不知，興許皇上有自己的打算，父親可如五妹所言，問問安定侯。」

天色已晚，就算問也得明日再問，可明兒又是除夕，英國公略一忖度就離開了正廳。

徐氏瞪著眼睛，裴珍張了張嘴，她剛剛還在父親膝下說明天拿兩罈好酒過來，一轉眼父親就拂袖而去，這年還能過嗎？

徐氏眼中有淚意，她問兒子。「裴殊當真做了官？」
裴靖道：「兒子不知，不過裴湘敢說，那就差不了。母親……不必憂心，他就算為官，那也不是國公府世子了，如今的世子是我。」
覆水難收，就算父親後悔，也沒有餘地，兩個兒子，他以後總得靠一個吧。
「你說他……既然離開了，為何還要禍害咱們，把府上攪得天翻地覆！裴湘如今有靠山了，你看她那樣子！」徐氏不願在兒子兒媳面前露出這副樣子，就讓夫妻倆早點回去。說完，她對女兒道：「珍兒也回去吧，我去看看妳父親。」
裴靖帶著妻子離開正廳，他一路寒著臉，沒有說話，到了院子，進屋換衣烤火。
裴靖問：「夫人，若是有朝一日我如裴殊那般，沒了世子之位，妳可願隨我一起？」
陳氏素來文靜，說話也柔柔弱弱的，她道：「若有這麼一天，我同夫君共進退。」
裴靖說：「我卻不願妳跟我受苦。」
也不知這話的意思是不會失了世子之位，還是到了那天會給陳氏一封和離書。
不過和裴珍想的一樣，英國公府這個年，不好過了。
有丫鬟小廝私下議論，說三公子入朝為官了，比國公爺的官職都大。還有人說三公子受皇上器重，早早就想到了這一天，所以根本不在乎什麼世子之位。
大年三十，徐氏懲治了好幾個下人，可這事瞞不住。英國公一早就出門了，去了安定侯府，恰巧碰見永康伯來送年禮。

永康伯見著英國公就笑。「見過公爺，公爺竟親自來了……」

英國公在心裡琢磨一下，問道：「你來也是為了……」

「那可不是，犬子跟著令郎去了西北，至今還沒消息，這都過年了，我來找侯爺打聽。」永康伯笑了笑，拍著英國公的肩膀道：「令郎前途不可限量，公爺教子有方，公爺同去？」

英國公並未備禮，以往英國公府和安定侯府並無往來，他也沒想過這些。

永康伯府的公子有爹娘詢問打點，可裴殊什麼都沒有，甚至於哪天離開，英國公都不知道，也不知他夫人可好？裴殊不在，顧筠呢？

他什麼都不知道。

英國公臉色蒼白無力，他道：「我才想起還有事，先行一步……」

永康伯還想再聊幾句，誰知英國公這就走了，不過他也不想耽擱，二兒子不在，家裡還有別的兒子，得快些回去。

英國公獨自騎馬去了顧筠的莊子，得知顧筠不在了，半個多月前她去了西北，隨夫而行。

英國公腦袋轟一聲，在這冰天雪地裡，他真切地感覺到自己的悔意。

英國公不敢去問，問裴殊去哪兒了，問顧筠去哪兒了，這麼個小莊子，還有一個看著像新蓋的院子，院牆建得極高，看不見裡面是什麼樣子，他甚至不知道裴殊他們住在哪兒。什麼都不知道……

英國公失魂落魄地回到國公府，徐氏還等著他吃團圓飯。

府門前一片紅色的爆竹碎屑，裡裡外外都是新的。看著春聯福字，英國公嘆了口氣，剛邁過門檻，就看見管事。

管事喜上眉梢。「公爺回來了，夫人世子他們都在等著您去正廳用飯。」

這會兒過了飯點，英國公卻不覺得餓，他點了點頭，走了一刻鐘，才到正廳。

徐氏低聲吩咐上菜，然後過來幫英國公解開大氅。「公爺去哪兒了？怎麼不讓人跟著，妾身擔心得很。」

英國公深吸一口氣。「隨便走走。開飯吧！」

家宴沒那麼多規矩，兩個姨娘也不用站著伺候，都一同落坐吃飯。

看出英國公心情不好，誰都沒搭話，安安靜靜地吃完。

裴湘沒什麼胃口，若是兄長在盛京，她肯定去找嫂子過年，跟這群人吃飯倒盡胃口。她打算過一會兒就回院子，以身子不適為由離開宴席，用不著跟這一家人多費口舌。

徐氏道：「快吃飯吧，妾身先敬公爺一杯，祝公爺福壽安康。」

英國公端起酒杯一口乾了，接著裴靖又敬酒，敬了一圈，英國公喝了六、七杯。

徐氏有心勸，可英國公根本不看她，連裴湘早早吃完離席，他都不知道。

喝了半瓶，英國公抬起頭，瞇著眼道：「五姑娘走了？」

徐氏道：「嗯，走了。公爺喝多了，你們吃完的人就離席吧。」

裴珍知道英國公這副樣子是為了什麼，她看了看裴靖，裴靖一臉淡漠，無動於衷。

裴珍咬咬牙，紅著眼眶出去了。

廳裡只剩英國公和徐氏，英國公一杯接著一杯，一瓶酒見底，他把瓶子倒過來，只倒出來幾滴。

「酒……酒呢？」英國公眼睛混濁，推徐氏去拿酒。

徐氏抿了下唇，開口道：「公爺，您喝多了，回房歇著吧！今兒是除夕，妾身知道您心裡不好受，覺得愧對三公子，可是事已至此，您在這兒借酒澆愁，也於事無補。」

徐氏想說的是：裴殊都被你趕出去了，你喝再多酒，人家也不在意，不當回事，還不如想想怎麼為裴靖打點，裴靖才是世子，你以後老了，全得靠他的。

你失去了一個兒子，還要再失去一個兒子嗎？

可這種大逆不道的話，徐氏不敢說，她只能說：「父子沒有隔夜仇，您放寬心，三公子會理解您的苦心，等他回來，您同他好好說說，冰釋前嫌，再把他接回府中……」

徐氏的心在滴血，她等了許久也不見英國公說話，伸手搖了搖，他已經喝醉睡著了。

徐氏一下站了起來。「來人，把公爺扶回去，準備點醒酒湯，公爺醒了再告訴我。」

英國公去了哪兒不言而喻，徐氏心很亂。

裴殊會回來嗎？他若回來會不會報復他們？還有她的兒子，還能坐穩這個世子之位嗎？

想到裴靖，徐氏心更亂了。她揉了揉眉心，心裡多了點恨意。

為何裴殊沒按照她想的那樣喝酒賭錢？他為何有出息了？一個連書都不讀的人，怎麼能當官呢？

皇上昏……了頭嗎？

徐氏是正月十三那天才知道裴殊做了什麼官。

正月十三，西北傳來捷報，北境來犯，將士嚴防死守，退敵五十多里。

捷報並未提及裴殊的名字，但是嘉獎聖旨送到了英國公府。

裴湘接旨。

禮部的人說：「裴大人府上無人，只得先送到這兒來，裴小姐叫人接旨吧。」

裴湘道：「大人，我一人接旨足矣，兄長回來，我會把聖旨轉交。」

禮部的人聽過流言，倒也了然，反正他只管宣旨。「奉天承運，皇帝詔曰，士農司司命裴殊於西北戰事有功，勞苦功高，賞良田百頃，白銀百兩，珠寶一箱，綢緞十疋，欽此！」

不僅裴殊有嘉獎，周長生和李昱霖也有，只不過賞賜沒裴殊多。

良田百頃，一萬畝地，加起來有二十幾個莊子，全給了裴殊，他們不知其中有何用意，但是光看著，這份獎賞太豐厚了，皇上這是給足了裴殊面子。

等徐氏聽到消息，已經震驚得說不出話來。

裴殊於西北戰事有功，勞苦功高，難不成……上戰場打仗了？他一個肩不能扛、手不能提的公子，怎麼就勞苦功高了？

聽說順德侯府、永康伯府也受到皇帝獎賞，這一個個飛黃騰達，指日可待。

英國公沒聽過士農司司命，許多人都沒聽過，朝廷中人議論紛紛，正是議論裴殊，什麼話都有。

大器晚成，不知為何入了皇帝的眼，現在英國公該後悔了吧？

裴靖這個世子當得可還行，還能坐得住嗎？

顧筠也算是苦盡甘來。

安王部下向裴殊報喜，打勝仗了。

雖然看著打贏了和裴殊沒多大關係，但是深論，自從西北多了菜，伙食好了，將士們臉上也高興，練兵都有勁了。

陸將軍提到，雖然傳回去的捷報沒有提及裴殊，但是皇上心裡有數，肯定會有獎賞。

裴殊聽見獎賞，眼睛轉了一下。「什麼獎賞？送哪兒去？盛京沒人。」

陸將軍道：「皇上賞的，自然送去你府上。我倒是忘了你府上沒人，那八成送到你妹妹那兒。」

裴殊想，可別讓英國公府占了，又想了想，他們也不敢。

陸將軍又道：「賞賜多是金銀珠寶，給你的，估計有些許不同。」

皇上肯定會物盡其用，這也是沒有辦法的辦法。

裴殊點了點頭。「我肯定好好幹，讓將士吃飽。」

他幫忙把菜全裝上車，這裡太冷，種出來的菜不如在盛京種出來的好，顏色發黃，但是省了路上耽擱的時間，還是很值得。

陸將軍說：「你心裡別有太大壓力，缺什麼直說，還有令夫人也是辛苦，能辦到的，我一定全力以赴。」

工人們往車上裝菜，還有一個個陶罐。

陸將軍舔了舔嘴唇。「對了，還得多要蘑菇和那個醬。那邊肉少，將士們就靠這個加點味呢！」

一斤菜一文錢，一罐醬五十文錢，這是裴殊給陸將軍定的價，從別處拿不到的。

軍需糧餉，陸將軍恨不得全從裴殊這兒買。

這回，陸將軍送來兩百隻豬仔，五百多隻小雞仔，一路上凍得瑟瑟縮縮，也不知道能活多久。

陸將軍不想給裴殊太大壓力，這些就先試試水溫，若能行，以後再送來。

送陸將軍離開後，裴殊回屋給顧筠一千六百兩銀子，陸將軍再來幾次，他欠的錢就能還上了，到時候他就能一心一意幫這個家存錢、買田、買地。

顧筠看著銀票著實高興，雖然知道如果把菜賣給別人，遠不止這些錢，但這錢賺得心裡踏實、暖和。

這片被冰雪覆蓋的土地，能讓人由衷生出暖意來。

裴殊道：「陸將軍說要醬，一罐二十斤，有油有肉的，他倒知道醬是好的，還說多要蘑菇，那麼多蘑菇曬成乾，也是一斤一文錢。」

單說往醬裡放的肉都不止五十文錢，還有蘑菇全烘成乾了，也是一文錢一斤。

顧筠道：「咱們也不圖那些錢，自己莊子上種的還能賣給別人，有錢賺就成。」

給將士吃的和給別人吃的，那能一樣嗎？

裴殊往炕上一躺。「這回左右都蓋上棚子，以後春天暖和了，也是這麼個種法，別的地得種糧食。」

糧食和菜不同，菜成熟的週期短，而且一般的菜沒有糧食那麼高的莖，採用無土種植的方法收得更多更快。而糧食一種就是半年多，春種秋收，需要更多日曬，讓種子成熟，澱粉沈澱。

裴殊要做的就是提高畝產，種更多的地，收更多的糧食。

安王有所期盼，卻沒有向裴殊提起過，陸將軍總說現在就挺好的，可西北將士還是吃不飽。

裴殊記得前世那些苦寒之地，駐軍邊境吃口熱的都難，如今，更難。

裴殊道：「我同陸將軍說了，咱們等這些雞和豬長好了就回去，這邊的事交給李昱霖和周長生。」

顧筠問：「他們二人都留下？」

裴殊點了點頭。「士農司只有三人，西北別的不多，地多，種菜不受影響，等菜多了，甚至可以運往盛京江南，來買米買麵，充盈國庫。他們兩個倒還聽話，留在西北也好。」

到時候，裴家就是正經的皇商。

裴殊躺了一會兒，坐起來，去看陸將軍帶來的小豬和雞仔。

顧筠無事可做，虎子這陣子去祝州收肉還沒回來，她跟著裴殊去了菜棚。

兩百頭豬，五百隻雞，去除死傷，能活下來一半，陸將軍就心滿意足了。

裴殊騰出幾個種菜的棚子，把小雞仔放進去。因為沒有雞籠，就連豬的棚子都得新蓋，所以沒蓋好之前，牲畜都住在菜棚裡。

小雞仔毛茸茸的，小豬顏色是粉色的，尾巴捲著，瞧著也可愛，就是受了一路寒冷，都無精打采地趴在角落。

陸將軍找這些豬不容易，裴殊可不想把牠們養死。

「一定得暖和，按時清理糞便，水要乾淨，得喝煮過的水，都別怕麻煩，這些都金貴。」裴殊是對著顧筠說，又像是說給所有人聽。「這牲畜和人一樣，人睡的地方髒了，也不舒服，還有水，牠們太小了，喝冷水會拉肚子，煮過的好一些。吃的話先餵菜葉子，去鄉下換點小米、麥麩……就是磨麵脫下來的麥子皮，越多越好。」

李昱霖拿著本子，手持炭筆，只要是裴殊說的話，他都給記下來。

周長生也是如此，他們沒想到讀了十幾年的書，到頭來竟然去種地了。他們倒也沒有看不上的意思，只是這事實在辛苦。

種菜就不說了，換水、澆水、施肥，按時搬出來曬太陽，還得燒炭，哪個屋子涼了，菜就完了。

這邊又養豬，聞著臭烘烘的，平日裡吃不上幾口肉，還得幹這麼多活。

不過裴殊比他們做的事更多。

李昱霖就沒話說了，想到裴殊都能做這些事，他咬著牙，總算堅持了下來。

至於為何裴殊不藏私，二人想過原因：其一裴殊不擔心他們取代自己的位置，更不擔心他們說出去，證明裴殊還有別的本事，士農司背靠安王，他們有一百個膽子也不會拿這個謀財；至於其二，裴殊想早點教會他們，估計是為了早點離開。

李昱霖想不出別的緣由，反正裴殊受器重，和他們不同就是了，既然明白這個道理，那就好好學，爭取像裴殊一樣，早點回去。

這裡的苦日子，說實話他是受夠了。

李昱霖低頭看看自己的手，從前一雙手潔白如玉，手指修長，現在被風吹得龜裂，關節處因為受凍而變得紅腫，若是回去，家裡人估計不認識他了。

周長生亦是如此，哪家的公子哥兒像他們這般，若是長此以往，也得考慮要不要把妻兒接過來。有人照顧，日子興許好過一點。

等到中午吃飯，二人去前頭等著盛飯，他們吃大鍋飯，有米飯、燉菜，裡頭零星幾塊肉，每人飯裡一勺醬，比以前的飯好太多了。

但不能和裴殊比，裴殊一開始就有小廚房，他的口糧全送過去。周、李二人起初也打算和裴殊搭伙，可不會做飯，沒有用處，哪好意思占這便宜。

現在裴夫人來了，更不用指望，只能盼著他家什麼時候吃好料，他們在一旁沾沾光，李昱霖就吃過餃子、湯包，那滋味真是絕了。

裴家飯菜香味飄過來，大夥兒就聞香吃完了飯，日復一日，如今只不過多了打掃雞圈、豬圈的活。

雞圈和菜棚類似，先放了五層的木架子，然後請木工打雞籠，一個籠子放兩隻雞，籠子的縫隙只夠雞頭伸出來，籠子前頭是放食物和水的凹槽，每日雞籠和食槽都得打掃。

豬圈不是上下分層，不過也用磚頭修建了小隔間，一個隔間住兩隻豬，有食槽、水槽。每日按時打掃，還得定期通風消毒，以防牲畜生病。

喝的水要煮沸過，雞食裡有青菜、小米和一些煮熟的肉沫，豬食亦是如此，麥麩、青菜葉，還有工人吃剩的飯菜湯水，看起來比人吃得還好。

不只李昱霖、周長生嫌麻煩，莊子裡的人也嫌麻煩，覺得裴殊多此一舉，這麼冷的天，就算燒炭，牲畜也不好活。有人肯餵食就不錯了，誰家都是放養，在地裡吃夠蟲子、草籽，哪用得著費心餵，還要打掃，又不是人吃飯，飯碗還得每日刷一回。

但莊子大小事務都由裴殊作主，就算大家有牢騷也不敢當著裴殊的面說，更不敢陽奉陰違，只敢私下議論。

不過按照這種法子，養了十多天，只死了二十三隻雞，豬仔兩百頭都活得好好的。

裴殊道：「豬每日中午最暖和的時候帶出去遛一遛，曬曬太陽對身體好。諸位都是老莊稼把式，興許也養過牲畜，在我看來，牲畜同人一樣，只有吃得好、睡得好，住得舒服了，才能長得好。」

這話乍聽挺有道理的，細想之下更有道理，人不就這樣嗎？吃好睡好才能長得快，再看這邊的豬和雞在寒風飄雪中還能吃吃睡睡，每日都比前一天大一些，更加堅信裴殊說的。

裴殊又道：「等天暖和了，的確可以放山裡去，但現在不行，死的牲畜要明白是怎麼死的，別染上瘟症。」

這是裴殊最擔心的事，瘟疫一人死，累百人。

按照裴殊的法子，後頭連著十幾天，都沒有牲畜死掉，陸將軍又送來一批，莊子附近都蓋上棚子，莊子上五百多個人，顯然是不夠了，然而，這就不歸裴殊管了。

等莊子裡的事安定下來，裴殊打算回盛京，知會過陸將軍後，裴殊和顧筠開始收拾東西，準備返程。

輕車簡從，除了路上需要的吃食，其他的東西全放莊子，以後裴殊還會來，用不著把行李鋪蓋全帶回去。

炒醬的方子顧筠寫在紙上，連帶裴殊說的種植養殖法也寫了下來，上頭需要注意的事情太多，寫了足足有十幾頁，包括怎麼選種、育苗、種菜，何時換水、如何製肥、什麼樣的菜才能留種……寫得一清二楚。

寫好冊子後，裴殊看了一遍，補了幾句，這才交給周、李二人。「就這一份，你們可以抄著看。」

李昱霖翻了兩頁，上頭字跡蒼勁有力，卻又帶了幾分娟秀，不像男子字跡，又一想裴殊都不讀書，哪會有這麼一手好字，大概是其夫人寫下的。

裴殊看他倆的神情就知道他們在想什麼，他道：「冊子是我夫人寫的，我沒這麼好的字。我們明日離開，今晚你倆好好看，有不懂的地方再來問。」

李昱霖有些羞愧，他並沒有覺得裴殊字不好就怎麼樣，況且看人不能只看一處，他道：「這冊子我手抄一份，明日再還給大人，絕不讓第三人看去。」

裴殊倒是忘了這個時代女子的字跡、貼身物件都有講究，他不在意，不代表顧筠不在意，顧筠為了寫這個好幾個晚上都熬夜，他是得拿回來。

裴殊咳了一聲。「那快點抄，早點給我。」

李昱霖和周長生點了點頭，他們都讀過書，又寫得一手好字，還沒用一晚上就抄完了，一早就去還書。

「書上寫得詳細，屬下沒什麼要問的，大人路上小心。對了，這是給家中的信，煩勞大人帶回去。」兩人各寫了一封信，交給裴殊。

裴殊回去了，他倆還不知道能不能回呢！

裴殊把信收好。「但願我下次來的時候，豫州能比現在好。」

這座城被高山冰雪環繞，幾十里都看不見一戶人家，窮苦之地就是如此，很長時間都不會有改變。

周長生和李昰霖點了點頭。「大人說得是。」

顧筠把行李收拾好，還有裴殊拿回來的冊子。

「夫君，都收拾好了，也都搬上車了。」

裴殊他們跟著運糧車走，現在往西北送的菜有兩路，一路是豫州的菜，一路是盛京的菜，能讓邊關將士短暫時間內不缺菜吃。

裴殊欠的銀子，已經還了一半。若非一半充公，他已經把錢全還完了。

裴殊小聲和顧筠說：「皇上給了咱家賞賜，家中沒人，就送到英國公府去，應該是阿湘拿著。」

這麼一來，誰都知道他入朝為官了。

顧筠點了點頭。「夫君是怎樣打算？」

回京之後肯定會見到英國公，她同裴殊成親沒幾日就離開英國公府，後頭無論是賣餃子還是賣菜，都與英國公府沒有任何關係。

英國公把世子之位給了裴靖，對裴殊這個兒子，只剩下失望，如今裴殊官職比裴靖高，英國公別是後悔了。

依顧筠看，就當尋常親戚走動，裴湘還在國公府，不好鬧得太難看，再說英國公也許仍舊看不上裴殊呢！

若是裴殊想回英國公府，顧筠也沒話說，畢竟這是裴殊的親生父親，那她就想法子把該拿的拿回來。

裴殊一臉疑惑。「怎樣打算？」

顧筠頓了頓，說得清楚了些。「當日你在街頭賣切糕，父親嫌你丟人，咱們連夜離開國公府，這趟回去，他想必也知道了你做官的事。」

原來顧筠問的是這個，裴殊道：「百善孝為先，以後逢年過節，送些節禮，日後等他老了，該我贍養的絕不推辭。」

裴殊就是這麼想的，生恩大於天，至於旁的就別想了，錦上添花易，雪中送炭難。

英國公若想認回他這個兒子，也難。

畢竟當日離開國公府的是他，如喪家之犬一般的也是他，得了世子之位的是裴靖。

好兒子有一個就夠了。

顧筠點了點頭。「夫君說得是，想來徐氏還擔憂這個，怕咱們奪了她兒子的東西。」

裴殊道：「離開那日，我就沒打算回去，做這些也不是為了乞求父親看我一眼。」

換句話說，倘若不是他，而是原身，日子恐怕會更艱難。

夫妻倆做好打算，就安安心心待在馬車上。回程的車快一些，越往南走就能發現雪幾乎全融化了，路上也能看見春意，有時是冒尖的草，有時是在風中搖曳的白花。

第二十章

二月下旬，裴殊和顧筠終於回到家中，稍微休息，安定侯府就來人了，說皇上有令，請裴大人進宮述職。

裴殊只帶了顧筠寫的冊子。

不知裴殊進宮說了什麼，回來時皇上又給了許多賞賜，有一箱寶石，兩疋蜀錦，還賜了盛京城內一座宅院，好巧不巧，就和英國公府隔兩條街，走兩刻鐘就到了。

裴殊道：「皇上說，家裡的東西該賣就賣，不會讓咱家吃虧，還有賞賜在妹妹那兒，年後賞的，咱們休整好再過去拿。」

早春，裴家的生意很好，但是賣菜的是趙老漢的兒子，所以幾乎沒人知道這是裴家的生意。

而裴殊究竟因何得皇上器重，至今還是個謎。

裴殊回來也鮮有人知，直到禮部的人又去宣旨，除此之外，還點了兩個世家子弟去士農司應卯，盛京的權貴們才知道，裴殊回來了。

算一算，裴殊今年才十九歲，談起他的人少不了稱讚一句年少有為。

英國公這陣子面如菜色，雖然無人在他面前說什麼，但是私下總會議論。

「正三品，皇帝跟前的紅人，獨一份的士農司，天子近臣……英國公怎麼就把兒子趕出去了？」

有人反駁。「那不是英國公趕出去的，是裴殊自己連夜出府。」

「那重要嗎？結果不就是裴殊守著小莊子，裴靖當了世子嗎？」

「裴靖不差，正年輕，還進了翰林院，又是世子，可沒立過什麼功，比起裴殊就有些不夠看了。」

「英國公這麼大歲數，怎麼魚目混珠啊。這樣的兒子不哄著，真是糊塗。」

這些話難免傳進國公府，裴湘聽了心裡不免嗤笑，有出息的兒子才是兒子，沒出息的就不是。

對於英國公府，人們也拿不準一個態度，所有人都觀望著。

徐氏忍不住問英國公，三公子那邊怎麼辦？她心底是期望英國公說按原來的辦，以前怎麼樣，現在就怎麼樣。

英國公坐在書房裡的楠木椅子上，眉頭皺著。

從大年二十九那天知道裴殊做官到今天二月二十三，已經過去了近兩個月，英國公就像換了個人般，瘦了，眼裡藏著心事，活像老了十歲。

他眼睛盯著手裡的書，卻沒看進去幾行。「他今兒剛回來，就進宮了，顛簸數日，以前哪裡受過這種苦。除夕那日，我去安定侯府，碰巧看見了永康伯，他帶著厚禮上門為他兒子走動……我當時心就縮在一塊兒，難受得很，裴靖為官時我也想著給他上峰備禮，讓他的官路好走一些，裴靖寒窗十年，才有了今日的好光景，裴殊那兒，我什麼都沒做，什麼都沒做……」

他去西北，他吃了什麼苦，受了什麼罪？外人說他年少有為，對啊，他才十九，裴靖十九的時候還在讀書。

自己為何不再等等，當日非要裴殊低頭？

徐氏心下大驚，公爺這是後悔了？

他後悔了，後悔把裴殊趕出去，後悔沒早點接裴殊回來，興許還後悔讓裴靖做世子，只是他沒說出來……

天家威嚴，怎可讓他廢了又立，立了又廢？興許他也怕裴靖傷心，不管他這個父親。

徐氏一時之間不知說什麼好，這就是她爭了一輩子的男人，爭了一輩子，什麼都爭到了，就因為裴殊有出息了，他後悔了！

徐氏還得做良善樣子給英國公看。「公爺若是不忍心，捨不得，就去看看三公子，就怕三公子心有芥蒂，不願見您，他在外頭吃了苦，興許記恨……妾身和二公子，公爺若是沒立咱們靖兒為世子就好了，還有轉圜的機會……」

徐氏跪在地上，淚流滿面。「公爺，靖兒心裡也不好受啊，他從不想這些，只知道讀書，他沒想過裴殊心裡有芥蒂。三公子要拿走世子之位，他拿好了，您別為三公子傷心了，還有裴靖、裴遠等著孝順您……」

這是徐氏一貫做法，裝大方扮可憐，最後什麼好處都讓她占去了，她卻最無辜。裴殊未成親時喝酒賭錢，花的都是寧氏的嫁妝，他被英國公罵，她就勸，說三公子還沒長大，等以後就好了，她還是人人稱讚的好繼母。

這回不管用了。

英國公扭過頭看她，眼裡有猶疑、有後悔，卻不是針對她。

他還沒見裴殊，不知裴殊是什麼意思，倘若裴殊開口要世子之位，英國公會給。

那裴靖怎麼辦？

英國公不知道，但徐氏說得沒錯，他不止裴殊一個兒子，若是裴殊鐵了心不回來，他還有裴靖。

可給不了裴殊世子之位，那還能給他什麼？

英國公怔怔地看向窗外，草長鶯飛二月天，一片生機勃勃之景。

他不明白，為何好好的父子鬧成這樣？

英國公開始清點府中產業，莊子、鋪子、田地，還有銀兩。

徐氏問他要做什麼，英國公道：「當日分家，分得並不公平，妳也說了，他從前賭錢喝酒是用寧氏的嫁妝，裴殊離開，什麼都沒拿。」

徐氏心一緊，想說什麼卻無濟於事。

英國公道：「分家就按御朝律法來分。」

三個兒子，除去給幾個女兒的嫁妝，剩下的應該世子裴靖占五成，嫡子裴殊占三成，裴遠二成。

英國公清點家中產業，和徐氏重新商議分家之事。

徐氏抿著唇，她不願意，原本定的是裴遠二成，裴靖八成，這下好了，給了裴殊三成。

徐氏看英國公寫的內容，給裴殊的都是好莊子，帶溫泉、有水、有良田的，看起來是分給裴靖五成、裴殊三成，但其實是對半分，她怎會願意。

英國公說：「我沒幫過什麼忙，爵位給了靖兒，田產多分一些，等過兩日裴殊回來拿東西，把這單子給他看看。」

徐氏只能把這苦嚥下去。「妾身知道了。」

裴靖這幾日心情也不好，他倒不擔心當不了世子，只是那些閒言碎語聽著心煩。

現在說裴殊年少有為的是他們，當初說裴殊玩物喪志的也是他們，好話、壞話全讓他們說盡了。

徐氏喊他過來是為了家中分產一事，原定他的東西分了一半給裴殊。

裴靖只問：「這是父親的意思？」

「……公爺覺得有愧於他，所以想方設法地彌補，要是能重修舊好，把國公府拱手讓人都行。」

裴靖點頭表示明白了，徐氏眼角流出兩行淚。「靖兒，你說咱們可怎麼辦啊！裴殊會不會報復咱們，他肯定是記仇的……咱們可怎麼辦啊！」

裴靖臉色鐵青，他要是知道怎麼辦就好了，他一直認為比裴殊有能耐就行了。可他在翰林院，要當三品大員只能熬資歷，想要升官只能等十年、二十年後。

明明他什麼都沒做，他的那些同僚卻用那種眼光看他……

徐氏低聲啜泣。「早知如此，當初就不給裴殊定平陽侯府的姑娘了！就因為娶了顧筠，他才這般，早知道隨便娶一個就好了。」

裴靖心煩意亂，沒成家前裴殊什麼都不是，成了家後什麼都好了。

「母親說這些有什麼用，您早不知道顧筠是什麼樣的人嗎？」

名聲好，重情義，什麼都會，樣貌好，盛京少有比她好看的姑娘，差就差在家世。

徐氏想到之前和徐嬤嬤說的那些話，一個小姑娘，她還不至於放在心上。

全怪顧筠！

百姓議論時也說，裴殊成親之後什麼都變了，娶妻得擦亮眼睛，娶個徐氏那樣的做續弦，啥都沒了。

裴家發達了，一人得道，雞犬升天。

白氏過來給顧筠送賀禮和餃子攤這幾個月的利潤，也是想攀個親戚。他們趙家做雞犬就好，絕不好吃懶做，眼高手低。

賀禮也不多，趙家家境擺在這兒，就是一些山貨、木耳、野蘑菇，還有兩隻野雞。

除去鋪子的租金成本，利潤有一百六十兩。

白氏揀好聽的話來說。「夫人這回也是苦盡甘來，當官夫人了！以後是要進京住，還是住在莊子裡？若是進京，這兒的屋子我們替您看著。」

顧筠還沒跟裴殊商量過，便說：「若是進京，屆時院子有勞您了。」

白氏笑了笑。「我知道當初夫人、公子連夜來莊子，就擠在三間屋子裡，住了一個多月。那時很苦，要是我沒來送炭，現在也不好意思沾光。」

顧筠點了點頭。「若是人人都像您這般，就沒那麼多事了。」

白氏笑出幾道褶子，等她走後，徐老太和李婆子也來了。

徐老太拿了這幾個月的利息過來，雖然餃子攤和湯包攤合租一間店面鋪子，但帳分開，利潤有一百八十兩銀子，兩人說了會兒話，留下不少東西，這才離開。

顧筠把銀子記帳上，裴殊欠的只剩三千五百兩。

她存的嫁妝銀子，加上裴殊還的錢，還有鋪子的利潤，家裡有一萬兩銀子。

手裡拿著銀子就踏實，可以看看宅院，置辦資產了。

晚上，顧筠問了裴殊的意思，是要搬新家，還是就住這兒。

裴殊想了想。「這院子是咱們倆成親後一起蓋的，別的宅子再大，那也只是冷冰冰的宅子，咱們家人又不多，不過莊子離得遠，幹啥都不方便。唉，房子多了就不行，煩得慌，都不知道住哪個好了。」

顧筠抿了下唇，然後伸手捏了一下裴殊的腰。「沒個正經，這話只能咱倆偷偷說……」

裴殊在炕上舒舒坦坦地躺著，顧筠掐得一點都不疼，她捨不得讓他疼，知道心疼他。

「我才不往外說，我只跟妳說。我沒想到還有這麼一天，挑房子住。」

顧筠低聲道：「我也沒想過。」

她只會做最壞的打算，只要日子比最壞的好一點，她就知足了。有地有宅子，手上還有餘錢，菜賣給朝廷，雖然賣得便宜，但能為百姓做點事，背靠天家，也是值得。

「盛京的宅子肯定住得舒坦，咱們先去看看。」顧筠拉了拉裴殊的手。「這處是老家，是根，要不我們換著輪流住？」

兩人也沒急著去國公府拿賞賜，次日先去看了看新宅子，比不得國公府大，但勝就勝在小巧精緻，按照江南宅子的樣式鬮建，裡頭有水榭樓閣，一個小池子，占地兩畝，中間有個湖心亭。

院子不多，總共三個，過了圓月形的前門，穿過水榭，就到了後院。

地是黑磚，也很乾淨，很適合他們一家人住。

裴殊道：「搬過來吧，雖然冷冰冰的，咱們過來了就暖和了，莊子那邊常去看看，以後咱們宅院肯定更多，不能光住一個。」

顧筠笑了笑。「夫君光說歪理，直說這個院子好不就行了。明天就讓人來打掃。給妹妹遞個帖子，就不用賀禮了，一塊兒過來熱鬧熱鬧。」

裴殊說：「還有侯府的五妹，妳自回門後就沒見過妳娘，現下正是好機會。」

平陽侯府沒走遠，當然也沒走近，顧筠不想侯府占裴殊的便宜。

白氏說得不錯，當初不來送炭的人，現在就不能沾光。

英國公府如此，平陽侯府亦如此，她不會拿著裴殊拚來的東西貼補娘家，若說心裡沒有怨那是假的。

那是相處十幾年的家人，家中一切由父親作主，他不許來往就不能來往，姨娘出不來，只有顧槿送些東西，獨木難支，倘若娘家能幫一把，絕對比現在好走許多。

顧筠雖怨卻不怪，也不恨，父親以利益為先，和英國公沒有分別，他覺得這個女兒無用，是死是活他就不管，可畢竟養了她十幾年，以後就當尋常親戚走動。

顧槿不一樣，雪中送炭的情義難得可貴。

顧槿收到帖子後是真的高興，她就知道顧筠的日子不會差，這回沒人說什麼了，也不會有人說她識人不清。

顧槿先去送信給李姨娘，然後去了正屋。

顧夫人神色溫和。「妳四姊是個有福氣的，日後可多走動，就是妳父親那裡……」

顧槿道：「父親那裡得依著四姊的意思吧，四姊雖然孝順，卻不是傻的，女兒看著，四姊不會幫侯府。」

顧夫人嘆了口氣，顧筠是個有主意的人，幸好女兒和她關係不錯。

「李姨娘那邊妳常去看看，還有八郎該去私塾了，都是一家人，什麼事都不能做得太過，不然失了人心，也失了本分，妳祖母向來疼她，四姑娘最聽妳祖母的話……」

顧槿皺了皺眉，為何就不能真心實意地為四姊高興呢？為何非要想著幫襯，想著利益，她嫁人以後也是如此嗎？

只有娘家好了，她才能好。

平陽侯承認自己看走眼，他讓管事備禮送到莊子上，別的一概沒說。他也不想吃相太難看，就像英國公一樣，等顧筠搬家，再備份禮就是了。

顧槿還未出嫁，她同顧筠關係好，常常來往。

顧筠都記下了這些禮，以後回禮都是按這個分例，再添上一、兩成送過去，不占他們便宜。

下午的時候，裴湘也送東西過來到莊子上。

「嫂子，皇上的賞賜，良田百頃，白銀百兩，還有珠寶綢緞，我都給帶過來了。」裴湘高興，她怕兄長不方便來，就自己把東西帶過來。

顧筠沒想到會有這麼多的莊子，細想就明白其中關鍵，皇上給裴殊莊子是為了種地，日後收了糧食，也是先低價賣給朝廷。這賞賜拿得也心安。

莊子的地契還有莊戶的賣身契，都一塊兒送來了。

聖旨妥貼地裝在匣子裡，裴湘收拾得很好，自己沒翻開，也未給別人看過。

這是恩典。

顧筠看著滿臉喜意的裴湘，笑了笑。「還好有妳，不然真不知怎麼辦才好。地雖多，但皇上有自己的用意。珠寶和綢緞，妳拿一半走。」

裴湘拒絕。「這是給兄長、嫂子的，我要像什麼話！」

顧筠道：「妳哥就妳一個親妹妹，我也是拿妳當親妹子，讓妳拿著就拿著，從前沒有哥哥撐腰，以後有的。」

裴湘鼻子一酸，眼眶一下就紅了。「從前也不委屈的，我知道哥哥有他的難處。」

顧筠揉了揉裴湘的頭。「妳的好，我們都記著，若是在國公府有不如意之處，大可來這兒住，這就是妳的家。過陣子我們打算搬去新家，妳過來住。」

裴湘點了點頭，她也覺得是苦盡甘來。在國公府，現在沒人敢小瞧她，和從前一比，就是天上和地上。

「我肯定來的，嫂子別嫌我煩就好。」裴湘想了想，又說起國公府的事。「父親變了許多，但沒有重立世子的意思，裴靖每日按時應卯，看不出什麼來，他那夫人沒有管家，中饋還是徐氏管著。」

回想起來，越發覺得徐氏狼子野心。

顧筠說：「英國公如何與我們沒什麼關係，妳哥也不會回去，就當尋常親戚走動。至於他們自己想的，可跟我們沒關係。」

裴湘嘆了一聲，道：「恐怕父親還作著夢呢。」

兩個兒子都想要，可別到頭來一個都留不住。

早春，柳枝已經抽芽了，細細嫩嫩的枝條從院牆伸出來。

顧筠和裴殊預計三月十五搬新家。

這回搬家，新訂製了床和櫃子，剩下的桌椅就用宅裡的舊物。大件家具先搬進去，剩下的小物件等三月十五那天再搬。

皇上賞賜了二十三個莊子，裴殊每天巡看兩個就忙不過來，馬上就春種了，這可如何是好？

顧筠道：「這個好辦，先把莊子的管事叫來，問以往都種些什麼，地有多少畝，每畝產量如何，心裡有個數，然後再去看莊子。皇上賞這麼多地，心裡定然是有數的，秋收之後賣糧給朝廷，產量只多不少。要是做軍需，得以米、麵為主，油為次，一般地裡莊稼，畝產也就三百多斤，趕上年景不好，三百斤都沒有。」

裴殊點點頭，賣給朝廷，畝產三百斤，一斤一文錢，一年能賺上千兩銀子。

不過糧種是朝廷的，為朝廷辦事就不要指望自家像江南的糧商一樣賺錢了。

一百頃地，每個莊戶都有人，雖然靠他們能耕種，但就是耗時費力，要是有現代化機器，那就快了。

裴殊來這兒只種過菜，沒耕過地，但看過秋收，秋收全靠人力，割麥子、拔花生、掰玉米，從早到晚，只能累了在陰涼處歇息片刻，然後接著幹。

春種的話有耕牛，能犁地，但撒種、澆水、踩壟還是需要人來。而不同的種子，種坑高度以及秧苗之間的間隔也有不同。

那些數據都在裴殊腦子裡，若是按照那些數據種地，還得做出耕地的工具，麥子、花生、玉米的都不一樣。

裴殊想先做個簡單的，按照種子的間隙，弄成搖輪，中間用木桿固定住，然後是間隔均勻的鐵鏟，每次用的話深陷到土裡，往前推動木桿帶著鐵鏟轉動，然後鐵鏟掀起土，留下一個坑。

前頭的鐵鏟挖好一個，後頭的就跟上，隨著推動木桿，坑也就挖好了。

不同的種子只要改變鏟子的大小和木桿上鏟子的數量就成，雖然挖種坑的人得彎著腰，但是比一個一個挖快上許多。

若是不用一個個挖坑的種子，直接一根木桿一排鏟子，多弄幾排，多幾個人來推就行了。

當然少不了灌溉工具水車，他想要每個莊子都安裝一個。既有的莊子可以多種蔬菜、草莓，別的莊子也可以，尤其顧筠愛吃草莓，希望產量越多越好。

裴殊連夜畫了圖紙，到李老頭那兒改，還有鐵鍬，得去鐵匠鋪子訂製。他做好一個小的先試試水溫，除了力氣不好控制，其他地方都還好，推這器具還得用巧勁。

李老頭覺得挺好用的，拉出來的壟也挺深的，就是不懂為何不同種子得用不一樣的鏟子。

裴殊無法解釋不同的種子最適宜的生長環境不同，幸好李老頭也沒問，少說多做，是他這麼大歲數人的處事準則。

裴殊在這兒訂製了一批耕地器具，一座莊子三個，分別是種麥子的、種花生的、種玉米的。加了錢，等幾天就能做出來。

撒種的機器不好做，就人工來處理，種地就快了。

李老頭道：「咱們莊子也用這個吧，一個種坑兩、三顆種子。之後下過雨就能種了。」

現今早晚天涼，裴殊先育草莓苗，草莓要多種，能賣能吃還能攢錢。

地裡的莊稼需要肥料，得從池塘裡多挖點淤泥出來，光處理草木灰、農家肥，就相當費工。

顧筠就在家裡整理帳本、嫁妝、公中、西北莊子，還有二十三個新莊子。

雖然皇上是為了邊關將士，但裴家也是真真切切拿到地，良田一畝地二、三十兩銀子，這些地就值二十萬兩銀子，雖然不能吃、不能喝、不能賣，但這就是裴家的家產。

綢緞也不少，有兩疋雲錦、兩疋蜀錦，顧筠挑了一疋蜀錦送給顧槿，又留了一疋雲錦，剩下的做兩件裡衣，還有一身衣裙。

她給了裴殊一身裡衣，這蜀錦的顏色是月白色，顏色泛著淺淺的藍，很是沈靜好看。

剩下半疋布，留著日後再用。

賞賜的珠寶有一小箱子，有幾塊鴿子蛋大、亮閃閃的寶石，大大小小的珍珠，一大塊玉石，都能拿來做首飾。

哪個女子不喜歡漂亮衣裳、首飾，說不喜歡的都是假話。雖然她不方便戴，但能常常拿出來看。

顧筠把東西收好，等搬家了，這些都要帶走。

三月初三，陰雨綿綿，遠山如黛，煙霧繚繞，春雨如絲如霧，真就比油還貴。

雨下了一日，夜裡停了，還沒等太陽出來，莊戶的三家就戴上草帽，下地幹活了。

土是軟的，耕地、拉壟、澆水、點種、施肥、蓋土、踩壟，這麼一套功夫下來，地才算種好，就等種子破土而出。

莊子除了菜棚，還有五十多畝地，用了五日就種完了，比往年快了四天。

有地少的緣故，也有用了器具的緣由。

其他莊子亦是如此，百頃地，十多天，在三月十五之前，全耕種完了。

什麼地該種什麼，全按裴殊的安排，倒是毗鄰的莊子，全靠老牛拉壟、耕地，現在還沒種完。

裴家的地按理是為朝廷種糧，皇上不信裴殊不明白這個道理，他也沒料到，這麼快就種完了。

「裴殊有幾分本事，那兩個人他用著可還順手？」皇上問安定侯。

安定侯道：「世家子弟總有點小毛病，不過還算聽話。」

安慶帝道：「士農司人還是太少了，若有合適上進的，你多多留意。」

如今的士農司，算上兩個新來的，才五個人，上下全靠裴殊，雖說給了那麼多賞賜，皇帝心裡還是過意不去。

他是皇帝，憂心百姓疾苦，做皇帝的都希望自己能名留青史，受百姓愛戴，那自然要讓百姓過上好日子。

裴殊算是解了他燃眉之急。

安慶帝對著御前太監說：「趙德全，他何時遷府，派人送上一份禮。」

一個皇帝哪會記得臣子搬家這種小事，無非是看重罷了。

安定侯一笑。「皇上，臣觀裴大人做出的器具甚好，可要廣而推之？」

安慶帝有些猶豫，他雖想著百姓過上好日子，但也明白，這東西要是拿出去，家有幾畝地、兒孫多的富有農戶，幾日就做完了。

只有那些有莊子、家裡地多的人家才用得著這些農具，怎麼看都是便宜那群人。

而且，也不知道這農具到底還有什麼效用，這事不急。

安慶帝道：「種了地，就讓裴殊歇息，這事兒不急，他是個有本事的，可別把身體搞垮了。」

這就不得不提到另一則流言了，是對現在英國公夫人的猜測。

都說裴殊娶了顧筠命好，可徐氏那樣的婦人怎麼會好心給繼子娶個好媳婦，怎麼看都另有目的。

有人就猜，徐氏早早就把裴殊養壞了，日後不會有孩子，就算裴殊不去賭錢喝酒，他成親以後沒有孩子，也不能當國公府的繼承人。

蛇蠍婦人！

而且裴殊都成親那麼久了，算起來有十個多月，一點消息都沒有，別是去西北凍著了。

安定侯心想，皇上可真是看重裴殊。

從勤政殿離開，他回家讓夫人備禮，安定侯府一份，還有一份是陳婷蕓給顧筠的。

等三月十五那天，天朗氣清，明日高懸，是個晴朗的好天氣，裴家坐著馬車從莊子搬到新家。

由於不是第一次搬家，顧筠很平靜，她嫁進國公府那日，心裡忐忑害怕，後來連夜去莊子，卻沒認命。帶春玉她們去西北，心裡害怕多一些。現在搬進新宅子，就是換了個地方住，有家人的地方才是家。

門匾上寫了「裴府」兩個大字，府門前掛著兩個紅燈籠，還有兩座大理石雕刻的石獅子。

虎子捂著耳朵點了兩掛爆竹，噼哩啪啦聲響結束之後，一家人進府。

顧筠和裴殊住正院，春玉三人住在正院偏房，也是為了方便照顧，虎子一人住在前院，他是男子，該避諱些，一個人住一間大屋子，可快活呢。

不過家裡是得添人了，要不以後出個遠門，連個看家的人都沒有。

顧筠想買四個粗使婆子，兩人守在前院到後院的垂門那兒，兩人打掃院子；再買幾個小丫鬟，做些端茶倒水的事；還得有看家護院的，人得好好選選，這個不急。

顧筠從眾多莊戶之中，提了一個做管事。

管事姓李，方臉，一身正氣，為人如何還得相處過才知道。

李管事辦事很索利，把往來的禮單記得清清楚楚，各家送的禮物也都收進庫房，又把各府送禮的管事好好送回去。

暖房飯只留下親近交好的人，包含裴湘、顧槿還有陳婷蕓，幾人一起吃過飯，說了會兒話，等暮色沈沈，人才離去。

顧筠喝了幾杯酒，臉色酡紅，她喃喃道：「五妹說，我姨娘在府裡很好，八郎要去私塾讀書了，祖母身子康健，不用我擔心……」

裴殊把人抱到床上，拿帕子替她擦手淨臉，又拆了珠飾。

顧筠喝醉睡了過去，她不藏著心事的時候一雙眉舒展開，臉頰帶著淺笑，很好看。

裴殊就這麼瞧了她一會兒。「委屈妳了。」

她今年不過十七歲，如果是他那個時代，還在讀書，她這麼聰明，功課肯定好。她什麼都好，偏偏選了他這麼個不著調的夫婿。

裴殊握著顧筠的手，躺在她身邊，晚飯都沒來得及吃，醒來都是後半夜了。

顧筠睡得迷迷糊糊，桌上燭臺燃了一半，燭芯搖晃。

裴殊躺在身邊，他也累極了，就握著她的手睡著了。

顧筠把被子往上拉了拉，又往裴殊那裡靠近，夫妻倆依偎著在新家度過了第一個晚上。

次日，顧筠才開始整理禮單。

英國公府送來一份厚禮，木匣子裡裝著田地、莊子的地契，還有幾間鋪子的房契，得益於管過國公府的中饋，顧筠知道這是英國公府的產業。她沒看，把這些放在一邊，想等裴殊晚上回來再打算。

三月十七那日，裴府派了李管事把匣子送回來。

英國公親自見他，看見匣子，連話都不知道怎麼說了。

李管事道：「我家大人說只是搬家而已，又不是第一次，不必備這麼厚的禮，若無其他事，小的就先退下了。」

英國公想說些什麼，想讓李管事把東西拿回去，但他清楚明白，這是被退回來的。

裴殊不要，裴殊不稀罕，他說不是第一次搬家，他記恨被趕出府的事，才會這麼說來提醒自己……

英國公坐在外院待客的正廳，直到茶涼了也沒動，他眼睛閉上再睜開，然後又閉上，突然體會到什麼叫人走茶涼。

兒子不願見他，也不能說恨他，是讓管事告訴他，原來的事他不在意，這些東西不稀罕，以後兩不相干。

英國公一下子卸了力氣，人像老了十歲，他碰了碰茶杯，一臉苦笑。

這些東西給誰呢？給裴靖嗎……

最後，英國公和徐氏商量說，要不這些產業給裴湘做嫁妝。

「嫂子跟妳說，拿到妳手裡的東西就是妳的，該拿的拿，不該拿的不拿。別因為是國公府的產業就隨意處置，妳得想著怎麼把產業做大，這樣徐氏看了才會更難受……阿湘，我們若有難處會向妳開口。」

裴湘點點頭，她還是得自己獨立起來，即使兄長上進了，但光靠兄長是不行的。

顧筠看上三處鋪子，大小都差不多，一間在城南，一間在城東，從前的攤子就在這兩處，客人也都在這邊。還有一間在城北，離得有些遠，但位置還不錯。

顧筠租的鋪子在城南，想了又想，便選了城南的這間，買下來一共六千五百兩銀子，去官府辦過戶的手續，拿了房契，這間鋪子就屬於裴家了。

等鋪子收拾打掃好，就能過來做生意了。

攤子的生意還是由趙家和徐家負責管理，原來的鋪子就不租了。

貼張告示，寫上新鋪子開張的時間，就行了。

趙家和徐家沒想到生意能做這麼大，居然能買新鋪子了！

他們幾個在盛京城，聽見不少消息，回去和白氏一說，白氏直說不得了。

等夜深之後，白氏和趙老漢說話。

白氏說：「咱們以後就跟著裴家幹吧……」

趙老漢吸了口旱煙。「咱們不就是跟著裴家幹嗎？」

白氏道：「我是說咱們以後伺候裴家，當裴家的奴才。」

趙老漢把旱煙袋撂下。「唉，這不挺好的嗎？非要入了奴籍幹麼，妳說妳這……」

白氏說：「我這幾天老是睡不好，思來想去的，總覺得不踏實，要是不入奴籍，是挺好，每月還能有幾兩銀子賺，可是夫人也不會放心用咱們。三家守著一個莊子，你看這回裴大人拿的農具，幾十畝地一會兒就耕完了。

「幾個孫子不是會讀書的料，要是跟著虎子小兄弟，肯定比現在有作為，這主子家的奴才也是體面的，有月錢拿，還有賞錢拿，不是裴家的人，誰會啥事拉著你？

「你敢說裴家現在就是最好的嗎？這以後誰說得準？跟著裴家，興許還能做個管事娘子、帳房啥的，以後孩子有出息，讀書好，夫人絕不會攔著。我是這麼個意思，問問你的想法。還有徐家、李家兩頭，有好事都是想搶先。」

要說顧筠絕對是好人，幫過他們一家，還把他們安頓在莊子上，賺錢也拉一把，要真跟著裴家，就得一榮俱榮、一損俱損了。

第二十一章

顧筠來莊子是三日後，她和裴殊一塊兒過來看草莓。

棚子單獨騰出一個空間種草莓，裡面全是草莓苗，三月分已經開了小黃花，棚裡沒有蝴蝶，就得裴殊自己授粉。

別人是不明白結果和授粉的區別，顧筠起初也不懂，裴殊還是拿人打比方。

「就和人一樣，要是沒有兩個人在一起……怎麼生孩子，結果也是這麼個道理。」裴殊說著覺得有點不好意思。

一看顧筠臉頰通紅，裴殊咳了一聲，也忘了自己不行這事。

「我從書上看的，蝴蝶、蜜蜂給花朵授粉，才能結果子。那阿筠，我先去看草莓了……」裴殊頭也不回地跑了。

顧筠拍了拍臉。原來是這樣，她和裴殊還沒圓房，對這種事也是一知半解，不甚明白，他懂得倒是多，也不知道什麼書會寫這種東西，聽著就不正經。

顧筠捧著茶杯喝水，就聽春玉回報白氏來了。

白氏一出現，就直接說明來意。「我們一家想服侍夫人。」

這話的意思已經很明顯，顧筠聽得明白，她皺了皺眉。「趙大娘，以前不是挺好的嗎？你們守著莊子，每年有糧食拿，在鋪子幫忙，每月有工錢，這就挺好了，再說，我這兒也不缺人伺候。」

清韻、綠勺是自小長大的情分，春玉、虎子照顧裴殊，雖然都有賣身契，顧筠也沒把他們當奴才。

她知道別家的下人是什麼樣子，主子動輒打罵，就算打死了也沒人管，丫鬟下人做的都是奴才的活，要是做錯事，該罰則罰，該賣則賣。

顧筠不缺人伺候，再說，皇上賞賜那麼多莊子，莊戶不少人都有賣身契，她何必讓趙家人做裴家的奴才？

顧筠道：「我喊妳一聲趙大娘也是真心實意，把自己的性命捏在別人手裡，不如握在自己手裡。妳可能看著裴家現在光鮮，覺得進了裴府，主子隨便賞賜下來就夠你們一家吃喝。妳和趙叔年紀大，估計是為小輩著想，但當奴才就是受人擺布，以後孩子讀個書都不成。」

白氏張了張嘴想說話，顧筠知道她要說啥。「妳肯定想，我仁義，若是妳家小輩會讀書，我肯定會供他讀書，那我也實話跟妳說，各家對下人不一樣，誰知道呢？趙家守著鋪子，每月有進帳，也有不少銀子，要是覺得錢不夠花，就自己想法子多賺錢，怎能想著依靠別人，妳說對不對？」

白氏點了點頭。「對，是這個道理。」

不光是趙家，就連裴湘她們也是一樣，若是扶不上牆的爛泥，顧筠也不會管。

白氏從裴家離開，後頭徐老太也過來了，顧筠說了幾句話，把人送走，又見了李婆子。

幾人都是為了這事而來，連莊子的人都這樣，外人更是如此。

裴家這幾日收了好多帖子，顧筠還沒看，她不是特別想去，都能猜出那些人想說什麼，無非是苦盡甘來、慧眼識珠、守得雲開見月明，再踩一踩英國公府，想一想就覺得無趣，還不如在家裡管帳、看書呢！

家裡新來的婆子、丫鬟很安分，算起來是皇上的人，用著倒還順手，總歸做些粗活。至於清韻幾人就幫忙管理莊子和鋪子。

每個莊子都種了些草莓，等開花結果之後，她打算往宮裡送一點，留一些給自家吃，剩下的全賣掉，還能賺一筆錢。

到了四月分，青菜就不太好賣，因為各家菜園已經長出青菜了，所以裴家暫時不去街上賣菜，而是全部運往西北，一斤菜一文錢，遠比別處便宜。

春日下了幾場雨，還有水車灌溉，莊稼沒缺過水。

莊戶有不少人力，裴殊終於不用事事親力親為，只有吩咐下去就有人辦好，他便專心發明一些農具，等待秋收的季節來臨。

現代有許多自動機械化的農具，但是御朝真的沒有，所以麥子、大豆、花生還是得人力採收。

裴殊跟著李老頭嘗試做了幾種農具，還沒試過效用。收割麥子的機器前頭是刀刃，後頭是斗，透過搖動把手，割下來的麥稈就會倒進車斗裡，雖然操作有點慢，還得等秋收才能知道好不好用。

到了五月分，菜棚裡的草莓都染上紅色。

裴殊摘了一顆嚐鮮，口味酸甜，汁水豐盈，一嘴的草莓汁。

二十多個莊子，每個莊子都有一畝地的草莓，空氣裡都飄散著草莓香味。

草莓一熟，裴殊趕緊摘一大筐，一層一層地放，一層草莓一層青草，就怕路上顛簸弄傷了草莓，裝好之後帶著就回府了。

「阿筠，快嚐嚐，都紅透了。要不回莊子住幾天，把草莓吃夠了再回來！」

裴殊只採收大顆的果子，得益於每日曬太陽、施肥，今年的草莓比去年的還要甜。

回莊子住幾天，吃夠草莓再回來，那得多爽快！

顧筠讓丫鬟洗了兩盤，剩下的都賞給她們吃。

「真回去住呀？」

裴殊道：「我總待在莊子，怕妳覺得無趣。池塘裡還有魚，想吃什麼就吃什麼。」

看顧筠愛吃水果，他想起還能做許多事，莊子有果樹，可以嫁接果樹，這個他擅長，等個幾年就有好吃的果子了。

作為家中的女主人，顧筠把草莓安排了去處，一部分送往安定侯府還有皇宮，每日送個百八十斤，那還不夠吃呢！

皇上和安定侯絕不會占他們便宜。

此外，裴湘、顧槿也可以過來摘草莓，畢竟自己摘的果子，味道感受起來不一樣呢！

剩下的就每日叫賣，因為草莓銷量好，根本不用擺在鋪子那邊，光挑著擔子走一圈就賣完了。

草莓一斤二十文錢，價錢不是特別貴，有錢人家每一頓吃都行。

當然對一般百姓來說不算特別便宜，豬肉才十幾文一斤，不過要是家裡有人想吃，存錢省一點花，也能買一斤來嚐鮮。一斤草莓有七、八個，家裡人多的，一人分一個嚐嚐味道。

裴家的草莓又大又甜，別家的要麼味道不好，要麼價錢高，可以說裴家幾乎壟斷了草莓生意。

其他人想靠草莓賺點錢，幾乎很難，同樣挑著擔子去街邊轉一圈，將將賣一半。

從前青菜是裴家獨一份，但草莓不是，從前的草莓地，春風一吹又長出來了，家裡那麼多草莓不賣，全得爛了。

做生意就是這樣，你賣了，我就賣不成了。

當日，白氏的孫子趙小二賣草莓時就被人打了。

趙家幫裴家賣草莓，賣出一斤給一文錢的補貼，一天賣五十斤就是五十文錢，若不是白氏年紀大了，她都想去街上賣草莓了。

趙小二鼻青臉腫地回報。「也沒多大事，就壞了兩斤草莓，我賠給夫人就行了。」

兩斤草莓四十文錢，一天白跑了。

趙小二道：「夫人，我明兒還能賣的。」

顧筠點點頭，拿了四十文錢。這是事先說好的，拿多少草莓賣多少，爛了、壞了都得算自己身上，若是賣不完，也不能拿回來。

畢竟草莓這果子金貴，放一晚就不新鮮了。

但這事兒沒完。

顧筠讓李管事去查，到底何人使絆子，看街上有哪家賣草莓，一一去比對，總能找出人來。

李管事忙不迭出去，一家家地查。小商販不敢惹事，估計就是那些中盤商，不敢正面對上又嚥不下這口氣，只能偷偷摸摸搞些小動作。

李管事找了兩家，一家草莓定價十五文一斤，生意卻不怎麼樣；另一家定價二十五文一斤，果子還行，賣得也不多。

他悄悄派人跟著，倒也觀察不出來什麼。一直跟了兩天，其中一家才露出馬腳來。

這家他們最早賣三十文一斤，生意實在不好，就把價錢降下來了，定價十五文一斤，可還是那副德行。

裴家的草莓都是莊子裡的人走街串巷地販售，因為果子大，模樣好，就算普通人家也會買一、兩斤來嚐嚐，這就妨礙了人家的生意。

趙小二今兒又去賣，和對面的小商販撞上了，他倆都挑著擔子，胡同就只能由一個人過去。

左右無人，那人心裡的火氣壓不下來，想再揍趙小二一頓。「臭小子，還敢來賣！」

趙小二本就看他眼熟，二話不說就抱住這人的腰。「李叔！李叔！」

李管事本來就防著，隔著兩條街，聽見聲音便趕過來，直接把人給綁了。

那人破口大罵，上回他偷襲得手，趙小二又不傻，還能讓他打著？

等把人綁了，趙小二拍了拍身上的土，繼續賣草莓去了。

李管事把人帶到顧筠面前。「夫人，人給您抓過來了。」

這是個十幾歲的少年，眼神凶狠。「你們想把我怎麼樣？告訴你們，我可不是好惹的！」

顧筠皺了皺眉。「你賣你的，就因為賣不出去就為難人？你打了人之後，草莓賣得好嗎？」

少年僵持著不說話。打了趙小二，他的生意照樣不好，那又如何？

顧筠道：「既然如此，你為難他做什麼？為難了他，只會給你自己找罪受，該賣不出去的還是賣不出去。」

少年道：「那又如何！你們一家獨大，是土匪、強盜，活該被打，就應該所有草莓都壞了、爛了，沒一個人買，一文錢都賺不到！」

這點小手段，顧筠還看不上眼，手段不痛不癢，卻讓人厭煩。

「一家獨大那是因為我家的東西好，不僅味道好，模樣還好，價錢實惠划算，所以大家都搶著買。你的東西就算降價，賣十文錢、五文錢也沒人要，就是這個道理，你信也好，不信也罷。」

少年就像隻狼，哪管得了這些。

顧筠也不願多為難他，換句話說她不願結仇，裴殊本來就很辛苦，她不想讓這些小事給裴殊添亂。

「我若是你，想賺錢補貼家用，就不會用這種法子。裴家的草莓賣一斤，能拿一文錢補貼，倘若那是我自家的東西，我會想方設法，去求裴大人也好，讓家裡的草莓也這般好吃，絕不是當街打人。」

見少年低下頭，顧筠自覺說的話夠多了，便對著李管事道：「帶著趙小二去報官，事情雖小也不能這麼算了，不然他下回還敢。」

顧筠不知道其他賣草莓的人有沒有遭遇這種情況，但這麼看來，裴家的生意很讓人眼紅。

裴家擋了別人的路。

一斤草莓二十文錢，但是裴殊種草莓的法子和別人不一樣，木筐是一層堆著一層，所以能種別人家四、五畝地的量。

裴家莊子又多，哪怕每個莊子只拿一畝地種草莓，那產量也不容小覷。

這個春天過去，裴家光賣草莓就能賺二千兩銀子，光給的跑腿費，就有一百五十兩。

這若是別人家的產業，肯定先漲價，一斤草莓三十文錢、五十文錢，甚至更貴。

偏裴家定價就二十文，讓他們不得不壓價，賣得又沒裴家好，生意全黃了。

顧筠想，雖然此事和裴家有關係，但追根究柢還不是因為你東西不行，既然如此，那還有什麼好說的，等你東西好了再來辯駁也不遲。

這事簡單，和安定侯提一下，安定侯肯定向皇上稟報。

皇上親口肯定的草莓，那就是天下獨一份。

盛京城這麼大的地，人人都認裴家的東西，你想賺錢就去別處。

顧筠一步都不讓。

「這東西不能讓，不然別人還以為咱們好欺負。咱們有皇上罩著，只要做事不出格，皇上都會護著。」

本來種地，已經將糧食便宜賣給朝廷了，皇上不會讓裴家吃虧的。

相比於江南家財萬貫、出手就是千萬兩銀子的米商、糧商，裴家真是窮得可以。

被送去官府的小子嚇破了膽。此舉殺雞儆猴，日後其他人想為難裴家的人，也得掂量著點。

草莓生長週期長，不過到了六月中旬，也沒果子了。

賺了二千五百兩銀子，再加上送去邊關的菜，裴殊的欠條就剩一千五百兩。

因為家裡賺的錢變多了，清韻幾人的月錢也上漲了，一個月十兩銀子。

裴殊的月錢也是一個月十兩。誰能想到，裴家生意看著這麼好，他卻兜裡空空，就那麼一點錢。

裴殊的錢幾乎全花在李老頭和鐵匠鋪子身上，發明農具、各樣箱子，還有替番茄、茄子之類做架子。

裴家種的蔬果有小白菜、菠菜、油菜、番茄、茄子、蘿蔔，除了番茄怕壓壞，不方便長途運輸之外，剩下的都可以送往西北。

而豫州種的番茄可以送往徐城，從豫州到徐城不過半日。

一文錢一斤菜，比從糧商手裡買便宜多了，等種植規模再大一點，朝廷就不用從糧商手裡買菜，興許連糧食也不用。

六月，天氣炎熱，麥子已經吐穗，在陽光下拚命轉化糖分為澱粉。

每一株麥穗、玉米、花生都沉甸甸的。

今年雨水多，不用費心澆水，但需要防止雨水把莊稼的根莖弄爛。

從前挖溝渠是為了灌溉，現在挖溝渠是為了排水，或大或小的水渠在糧田中橫行，七扭八歪的，這些水渠也沒浪費，裡面撒了魚苗。

這些魚苗是從江南運來的，二十文一斤，撒在水渠裡。要是秋天收穫的時候，順便收穫幾筐肥美的鮮魚，那就更好了。

裴家的池塘裡撒了魚苗、蝦苗和蟹苗，就是不知道能不能長大。

裴殊還沒專門養過這些，但是學過桑基魚塘。

循環生態理論，不僅適用桑基魚塘，也適用其他，莊子有莊稼、雞鴨、魚蝦；雞鴨的糞便和池塘的淤泥可以做莊稼的肥料，田裡的蟲子雞鴨能吃，魚也能吃，就能構成一個小的循環生態鏈。

莊子又添了些雞，一天有四、五十顆雞蛋可以拿，由於雞蛋不方便長途運輸，多數都送到鋪子做三鮮餃子，剩下的給家裡人吃。

鴨蛋比雞蛋大，青殼鴨蛋很好看，是橢圓形。裴殊說鴨蛋不吃的話可以拿來醃漬，放在鋪子裡賣，就當小菜。

此外，鋪子裡還可以多點品項來賣，比如米粥之類的。

小鋪子的生意，不用裴殊費心，顧筠一個人就能安排好。

從此，裴家多了一道吃食生意，就是賣粥品。

新推出的八寶粥裡面有大米、燕麥、糯米、紅豆、花生、紅棗、葡萄乾，是臘八粥的改良版。煮的時候加紅糖，甜香味飄得四處都是，而且價錢不貴，五文錢一碗，反正一點米就能煮好多粥。

除了八寶粥，還有皮蛋瘦肉粥，這是裴殊研發的，他做出來的皮蛋味道特別，放在粥裡卻很合適，是鋪子裡的鹹粥，價錢六文錢一碗。

還有另一道牛雜粥，因為牛肉不好買到，牛雜粥好幾日才有一次。再加上糖醋蒜這些小菜，讓麻醬餃子的生意比別的鋪子好多了。

清韻常去鋪子盯著生意，最有體會，從早到晚，客人就沒有停。吃餃子的人最多，吃灌湯包的人也不少，一籠湯包一碗粥，從前頭放小料的碟子舀點辣椒油、蒜末，這早飯比什麼都香。

餃子攤現在和灌湯包合在一起，利潤一起算，幫工就趙、徐兩家人，一家分一成利。現在他們幹活更起勁，每日吃得也好，賺得也多，相當知足。

因為麻醬餃子打出名堂，盛京城也出現不少麻醬小吃，比如麻醬麵或是麻醬煮各種菜，雖然麻醬味道沒有裴家正宗，但獨家生意，成效還不錯。

他們本來擔心裴家也來做這門生意，裴家的麻醬味道香又好吃，恐怕會成為生意勁敵。但是裴殊沒這個打算，生意多的是，不必非得都做，家裡還是以賣菜為主。

做小生意，投入多、回報少，沒有賣菜省時省力。

開鋪子要考慮的事情多，裴殊做飯好吃，就拿火鍋來說，配上麻醬，擺攤賣肯定能賺不少錢，但是很麻煩。一來菜的種類多，清洗擺盤麻煩；二來爐子用炭燒，很容易出事故；三來做火鍋生意還得選位置好的酒樓，每一樣菜的品質都得把關。

因此在不缺錢的情況下，顧筠不願意開火鍋店。

眾人大約都知道餃子攤是裴家的生意，所以沒人敢來鬧事。

小鋪子不至於讓那些世家眼紅，他們真正眼紅的是裴家在皇上面前的地位。

裴殊受皇上器重，是正兒八經朝廷官員，連著士農司四個打下手的部屬，都能得賞。

不說遠在西北的李昱霖和周長生，就說新去士農司的趙顯承、路遠，時時返家拿著草莓、紅彤彤的番茄、一大把青菜、兩條魚，或者幾顆雞蛋。
據他們所言，一點都不累，幹得好還有東西拿。
東西雖不多，但意義不同，眼下夏天什麼都有，等到秋冬，上哪兒找青菜和番茄？
從前都是讀書科舉，家中長輩費盡心機為小輩鋪路，就盼著他們能進翰林院、六部、御林軍營；現在各個都盯著士農司，希望孩子能擠進去。
讀了十幾年書，到頭來卻去種地，甚至有人認為士農司是和莊稼打交道，乾脆別讀書了，直接去種地。
長輩一聽這話，難免不喜。「你懂什麼！不讀書你能去士農司？你以為去士農司，種地就行了？」
「那裴殊也不會讀書嘛，他還是士農司司命呢！」
「那是因為他有會讀書的夫人，你有嗎？你有嗎？」
不過確實如此，進了士農司得讀書，只不過是手抄顧筠寫的種菜手冊，一些關於種小白菜的、種菠菜的、種蘿蔔的、種番茄的、種蘑菇的……
不僅要讀，還得背下來，背不下來的就得罰，錯三次，直接捲鋪蓋滾蛋。
「那娶個會讀書的夫人就成了唄，哪用得著費這麼多事。」
「你倒是給我娶一個啊！」

皇上聽聞此事，笑了笑。

「這世上只有一個裴殊，也只有一個裴夫人，朕正發愁下回給裴殊什麼賞賜呢。」只要邊關傳來捷報，那就和裴殊有關，回回給獎賞，安慶帝也不知道賞些什麼了，不過，想了一想，下回可以賞賜給顧筠。

安慶帝笑道：「說也奇怪，這個裴殊，明明從前什麼都不幹，啥也不會，成了親以後就上進了，也不知顧筠是何許人，讓一男子懸崖勒馬，痛改前非。」

解釋不了的事，只能歸因於成親之後收心了，別的還真解釋不了。

安定侯道：「是個很識大體、懂事的夫人，重情義，她能在危難之時用嫁妝替裴大人還賭錢，又跟著他連夜出府，換成其他人，也會動心。」

雪中送炭的情誼難能可貴，但也是裴殊珍惜這段感情，若是他一直賭錢，還跟原來一樣，性子都不改，換誰也受不了。

安慶帝點了點頭。「的確可貴。」

下回獎賞，估計等秋收了。

若是收成好，西北將士不缺糧食，就讓裴殊去別處種地，只有充足的米糧，朝廷才有底氣。

安慶帝問了問西北戰況，又說了幾句朝廷的事，才放安定侯離開。

馬上就秋收了，沒幾個月了。

種地雖然看老天爺的臉色，但還是得捉蟲、施肥、澆水，等收了糧，再選好的麥粒做糧種，這樣一年一年選出來，畝產會慢慢提升上去。

還可以專門劃出一塊地做種田，種子全從種田拿，這樣的話就像後世所說的，優生優育。

上一代長得好，下一代就強。

趙顯承和路遠發現裴殊總能把深刻的大道理用淺顯易懂的話講出來，反正他們是聽明白了。

如今百姓種地自己留糧種，有的人家還能挑選一下，有的人家就胡亂種，若是裴家的糧種比所有地畝產都要高，那以後完全可以賣糧種，這樣朝廷又多了收入。

還有菜種，青菜留種也不是隨意留的，而是精挑細選，他們二人看後面長出來的菜更青翠好吃，想來也是優生優育的緣故。

趙顯承和路遠學到了不少東西，他們有些羨慕李昱霖和周長生的運道，早早就跟著裴大人做事，如今資歷也比他們兩個高。等以後士農司越來越大，他們二人還是趙顯承、路遠的前輩。

殊不知周、李二人並不想當這個前輩，西北太艱苦了。他們每天的生活就是種菜、養豬、餵雞，記錄每天菜、雞、豬的生長狀況，因為裴殊不在，遇見特殊情況還要自己想辦法。雖然磕磕絆絆的，但有裴殊開的好頭，也順順利利地把雞和豬養大了。

西北的雞開始下蛋了！

前後送來一千多隻雞，終於開始下蛋了，也就意味著終於有回報了。

養雞自然不是為了吃雞肉，一千隻雞殺了就沒了，但雞蛋能吃好久呢！

一千隻雞就算不是每天都能下蛋，但是加起來也有八、九百顆，當周長生和李昱霖吃到煮雞蛋時，差點喜極而泣，兩人眼含淚花地吃完飯菜，覺得這雞蛋和從前莊子送來的沒什麼不同。

「還挺香的，咱們的伙食能好一點吧，一天一顆雞蛋是行的。」

好歹是朝廷命官，這點小事能作主，但想一想還是覺得可憐，在家的時候，可是吃香喝辣的。

李昱霖長吁一口氣。「想一想這些雞蛋，送過去給將士們還不夠分，咱們兩個一天一顆，知足吧！」

書上說「先天下之憂而憂，後天下之樂而樂」，他讀過也明白其中道理，如今才是真切體會到其中深意。

二人在西北待了半年多，等一切終於有條不紊以後，才請旨回京。

他們回到盛京已是八月分，兩人衣衫破舊，下巴全是鬍碴，人黑了、瘦了，眼裡卻多了名為「精氣神」的東西。

安慶帝給了兩人獎賞，允許二人休息兩日，然後去士農司應卯。

可喜可賀，當了這麼多天的司命，裴殊終於有自己的地盤了。

新建的房舍，有盛京為數不多的琉璃大棚，雖然只有一小間，但是琉璃透光，就不用把菜搬出去了。

一畝地的大棚，後頭是幾排房舍，兩間養雞，兩間養豬，還有兩間是養菌菇、木耳。

除了種植用的屋子，還有士農司住的屋子，也稱宿舍。

李老頭就有一間，裴殊他們也有。

屋子室內大小，裴殊看也就五坪，裡頭有一張木板床、一張桌子，還有炭爐，可以燒水、做飯用，其他東西都得自己添置。

聽著雖然不怎麼樣，但是想一想其他官職，全是晨起應卯、傍晚回府，沒有宿舍可住，而士農司包吃包住。

住的地方雖然簡陋些，但是冬日有炭火、夏日有冰，每日包三餐。

士農司現在有司命裴殊，四個副手周長生、李昱霖、趙顯承和路遠，剩下的就是專門做木工的李老頭。

其他的幫工也能學著做一些，至於莊子上都是簽死契的人，裴殊只能讓他們吃好一點，住好一點。

士農司只有六個人，每月有俸祿，而且包吃住，按裴殊的話來說，就是待遇好，福利好，適合那些讀過書又會種地的寒門子弟。

讀書人不再想著去翰林院了，說實話，去士農司就挺好。

安慶帝樂得看這種場面，農為民生之本，書讀得好自然能種好地。

裴殊另當別論，他還是寫一手狗爬字，因此士農司很多冊子，都是顧筠代寫，然後傳下去由他們謄抄，抄完之後再還回來。

周長生等人都知道這是誰代寫的，自然不會沒事找事留下裴夫人的字跡，不過，閒時也會議論。「裴夫人這手字，多少男兒都比不上。」

「看裴夫人能把這些寫得清楚明白，又是做生意的一把好手，咱們羨慕也羨慕不來。」

李昱霖以為回來以後，能看見圍著他噓寒問暖的妻妾，看她們思念成疾，結果一個個吃得心寬體胖，還說麻醬餃子真的特別好吃，一點都沒有想過他。

周長生亦是如此。

人比人真的氣死人！

而趙顯承和路遠還未娶親，不知其中是何感覺，不過確實是羨慕。

周、李二人在城郊士農司應卯，每日早起過來，有時會住上兩天，吃了半個月公家飯，兩人竟然胖了。

裴殊道：「吃多少無所謂，帶回家的話要有節制，朝廷的東西別什麼都拿回家裡。」其他的，裴殊都是睜一隻眼閉一隻眼。

裴殊不管，安慶帝自然不會多此一舉地插手。

時間一晃而過，到了八月中旬，一過中秋就該準備秋收了。

秋收用的農具試驗了無數次，莊子裡的工人就能輕易上手。

從八月下旬到九月初，歷時十多天，麥子、玉米、大豆、花生、紅薯等糧食，很快地收成完畢了。收完之後，得趕緊曬乾，只有曬乾了才能秤重。

偏偏這幾天下雨，一下雨就得把外頭曬著的糧食收起來，等雨停了，再曬。來來回回折騰了十幾回，生怕糧食發霉，每日擔驚受怕，可算熬過來了。

曬好的糧食上秤秤重，單顧筠的莊子，麥子種了二十畝，總共七千八百斤。畝產三百九十斤，比原來的多了五十斤。

裴殊鬆了口氣，幾人臉上帶著喜意，連白氏他們都是高興的。

裴殊道：「雖然沒能翻倍，但是比去年多了，再種幾年，興許就能翻倍了，別急，慢慢來。」

除了小莊子，還有二十多個莊子呢！

一萬畝地，種了六千畝地的麥子，畝產三百八十六斤；二千畝地的花生，畝產三百七十二斤；一千畝地的大豆，一千畝地的玉米，畝產三百六十斤，作物畝產成長得並不多，一畝地也就多了十來斤。

糧食一秤好，裴殊就讓人把信送進宮報喜了。

周長生長吁一口氣說完，喜悅之情溢於言表。「恭喜大人！」

只有去過西北，看過流民的人才知道，這些數字背後意味著什麼。

一畝地多五十斤，十畝地多五百斤，一百畝地多五千斤，裴殊是真的了不起！

周長生回家以後都難掩笑意，家中祖母問他為何這般高興，他道：「士農司又幹了一樁大事。祖母，士農司能把畝產提高五十斤！」

「您可別小看這五十斤，多五十斤，邊關將士多口吃的，他們多口吃的，就多點力氣，打仗的時候就能少死一個人。」周長生這樣說。「倘若咱們御朝的每一片土地都能產這麼多糧食，那御朝的每一個人都不愁吃穿。」

這裡也有他的一份功勞。

秋收之後，各地畝產報上來，就會顯得士農司的地畝產格外高，到時候少不了他的賞賜。

他們的糧食曬得多，可磨成麵粉，還有那麼多玉米、紅薯。

周老夫人道：「那這麼說，皇上賞給裴家的地產了這麼多糧食，那得賺多少錢啊！老天爺，裴家可發財了。」

六千畝地的麥子，畝產三百八，磨成麵粉也差不多，一斤麵粉十文錢，那就是上萬兩銀子啊！

周長生道：「您說錯了，糧食的確要賣，不過是賣給朝廷，也不是外頭的市價，裴家賣給朝廷的東西，都是一文錢一斤，算起來賺不了多少錢。」

六千畝地的麥子，賺二千多兩，加上別的，也就三千多兩，還不夠四千兩。

周老夫人問：「他難不成是個傻的，白給朝廷種地？」

周長生說：「就是有人不看重錢財，而且，裴家有皇上護著，怎麼就傻了？裴大人一腔赤膽忠心，若是我，我也願意。」

第二十二章

裴殊沒周長生想得那麼高尚，不過，他也高興畝產提高了，信送進宮中後，糧食直接送往西北，當作軍餉。

裴家的莊子不用繳稅，自家糧食裝進糧倉，一直到十月下旬，天都飄雪了，宮裡的賞賜才下來。

禮部來人，直接去裴府，卻撲了個空。

門房說：「大人、夫人住在莊子裡，這天下著雪，大概一時半刻回不來，大人有什麼要緊事否？」

送旨可不就是要緊事，看來還得再跑一趟。

裴大人是聖上面前的紅人，雖然不用應卯上朝，但是管著士農司，皇上都說裴大人於江山社稷有功，只要裴大人不犯太大過錯，裴家能興旺百年。

或許有人要說這話為時過早，可看裴殊今年才十九歲，他虛度十幾年的光陰，全在這一年半的光景中補回來了。

十九歲，還太年輕，且看朝中哪個三品大員不是四十歲以上？

裴殊屢屢立功，皇上壓著賞賜，不能繼續給他升官，這才決定把賞賜給顧筠。從盛京到莊子，騎馬也得一個時辰，但沒人敢抱怨一句，對他們來說，給裴家宣旨，也是殊榮。

雪越下越厚，到了莊子，雪已有一寸深。

禮部官員上門宣旨。「奉天承運，皇帝詔曰，士農司司命裴殊於江山社稷有功，其夫人顧筠恭順敏淑，特封為淑人，欽此！」

大雪紛飛，禮部官員臉上卻帶著三月春日的笑意。「裴淑人，請接旨吧！」

裴殊扶著顧筠起來，又塞了一個厚實荷包給禮部官員。他月錢也就二十兩，這一給，就給了一半去。

把人送走後，顧筠拿著聖旨左看右看。聖旨上繡著瑞荷，字是由禮部寫上去的，「欽此」二字旁印了國璽。

禮部還說，過兩日會有人來替她量尺寸，訂做淑人穿的吉服和頭冠。

三品官員的妻子、母親受封誥命時會被封為淑人，但不是所有三品官員的妻子、母親都能受封，有品階的夫人就能參加宮宴，當然也會高人一等。

顧筠看了看裴殊。「皇上竟賞了我，多謝夫君。」

裴殊道：「有啥好謝的，讓我也看看……和給我的聖旨不太一樣。」

不過都是明黃色的卷軸。

顧筠道：「這個得供著，三品淑人，我以後也有官當了，我才多大呀！」

顧筠今年十七，十七歲就得了誥命，這苦盡甘來還帶回甜。

裴殊道：「也不小了，妳都要過生辰，沒幾天了。」

裴殊走上去拉住顧筠的手，四周沒人，大門也關著，雪地裡靜悄悄的，好像這樣走下去，能走到天荒地老。

明明是雪天，濕冷，裴殊的嗓子卻有點乾。「阿筠呀，我要不要去找個大夫看看，喝點藥什麼的，而且我覺得身子越來越好了……」

顧筠怔了怔，其實她後頭就沒想過這些事，人生不如意十之八九，哪能事事順心。老天爺讓裴殊變好，她就知足了，至於孩子，不能強求。

現在裴殊做官了，也是體面人，顧筠更不想出去找大夫，萬一走漏風聲，對名聲有礙。他們兩個互相喜歡、彼此扶持不就行了嗎？哪需要什麼孩子。

顧筠也不想讓裴殊吃藥，萬一再扎針，可多難受。

顧筠拍了拍裴殊的手背。「你好好養身子，別的不用擔心。我想過了，世上沒有十全十美的事，咱們成親也有一年半了，這樣就挺好的，我也不是非要孩子。好啦，不用去看大夫，反正沒人催咱們要孩子，是不？」

顧筠是這般想的嗎？

裴殊扯了下嘴角，若他說自己沒病，從頭到尾就沒病，是裝的，顧筠肯定饒不了他。

那怎麼辦？

現在顧筠心如止水，以前的話還會使小招數，撩撥他一番。

顧筠真的變了，也可以說，真的不在意了。

倘若一開始好好說清楚，顧筠未必聽不進去，現在顧筠有了誥命，覺得啥都圓滿成功，不在乎他了。

進了屋，裴殊把門關緊，厚簾子一撂下來，一下隔絕了外頭的風雪聲。

屋子光線暗，顧筠點了盞燈，妥貼地把聖旨放進匣子鎖好，又將櫃角掛著的香囊換了藥草，以防有蟲咬。

裴殊一下把人抱過來，顧筠驚呼了一下。「夫君這是做什麼，青天白日的，你……」

裴殊道：「我怎麼了，我抱一抱妳都不行嗎？妳是不是不在意我了？有了誥命夫人，我怎樣都不打緊，對不對？」

顧筠想說這是什麼傻話，可裴殊又說：「我一個男子，現在閒下來了，想治病求醫了，妳偏不讓，還說什麼沒有十全十美的事，我偏要妳十全十美呢？」

顧筠本想說好意她心領了。

裴殊俯身快速親了顧筠一口，把這話堵在她嘴裡。「我不管，妳幫我治，妳也看醫書，妳來替我治。」

顧筠心道，她若能治，不就成大羅金仙了嗎？羊肉也試過了，也試過其他方子，她也不知用什麼藥，怎麼幫裴殊治？

顧筠為難地看著裴殊。「夫君，有些事不能強求。」

裴殊道：「我就強求。」

他又不是不行，他連試都沒試過，結果顧筠和他說不能強求。

「妳先用食補的法子，行不通再吃藥，每天晚上妳自己看……有沒有效果。」裴殊也是豁出去了，他又低下頭親了一口，動作又快又狠。「我再這麼下去……得憋死了啊！

顧筠遲疑地點了點頭。「那我得好好看看書，不能胡亂治。夫君還是放寬心吧，別抱太大期望，只要你好好的，就比什麼都強了。」

書房有不少醫書，顧筠得重新翻閱一遍，把上面食補的法子抄下來，以後替裴殊燉藥膳。

她看書也明白幾分，裴殊是「站」不起來，多吃多補，興許有效用。

她去醫館抓藥，又買了老母雞，小砂鍋每日烹著，一天三頓各喝一次。

麼放了。

「真的，特別舒服，就痲痲的，下面也舒服。」裴殊把人抱在懷裡。「有時候想妳的時候也會這樣，阿筠看過醫書，知道是怎麼回事嗎？妳要不要往下摸摸看……」

這一夜過得荒唐。

顧筠像一條離岸的魚，這樣的裴殊她招架不住，明明沒做什麼，卻好像什麼都做了。

她嫁人前，姨娘給了她小冊子，她不是什麼都不懂，可是裴殊在她耳邊說話，話說得曖昧又大膽，有時會含著她耳垂，淺淺戲弄一番再放開，顧筠手腳都軟了。

後面裴殊讓她做什麼，都忘了。

她手上好像還有昨晚的觸感，顧筠把手心往裡衣上蹭了蹭。

外面雪停了，裴殊早起去了士農司，顧筠把被子疊好，又從櫃子裡拿出一床。

不能由著裴殊這麼來了，他簡直太荒唐了！

不過……藥膳好像真的管用。

顧筠去梳洗，又去廂房小廚房煨藥膳，留給裴殊晚上回來喝。

這一帖藥，裴殊起碼得喝上幾個月才行吧。

顧筠想躲著裴殊，卻又盼著他早點回來。

她坐在窗前，院裡的果樹枝椏上壓著雪，像是給自己蓋了床被子。

顧筠目光裡藏著疑惑，姨娘只教過她夫君是天，萬事也以夫君為重，要傳宗接代，這才是為人婦的本分。以前她覺得圓房是為了生子，但裴殊這兒好像不太一樣，他話多，總是問東問西，那些問題大膽又露骨，她哪知道呀！

但她知道跟裴殊在一起很快樂。

他滿心滿眼全是她，顧筠不用擔心裴殊會納妾，更不用擔心跟其他女子分自己的丈夫。

顧筠只見過像自家父親或英國公那樣的男子，沒想到還有裴殊這樣的。

人與人之間總有不同。

秋收過後的冬天過得很滿足，有烤紅薯、趙家送的山栗子，還有棚子裡的草莓。

一到冬日，蔬菜的生意就變好了，除了送往西北，剩下的全賣了。

顧筠有意讓下頭人過得好一點，就讓他們挑著菜走街串巷去賣，二十文一斤，賣一斤菜可拿到一文錢，好讓他們多存點錢，冬日也過個好年。

賣菜者有不少是裴家的下人，都簽了賣身契，賣菜雖然辛苦，但一斤菜拿一文錢，一天總能賣個四、五十斤，就是四、五十文，一個月至少能攢下一兩多銀子，還有上頭給的月錢。

別人過冬都躲在家，他們只要勤快點，就能攢下不少錢，雖然賣身契在主子家，但是自己可以多買肉，過個好年。

裴家大度，有目共睹，裴湘又送來不少料子，說是府上人多，添置新衣。

裴殊閒著無事，又去布坊新製兩色染料，一色是酡紅，適合過年穿，喜慶，一色是青灰，穿著沈著冷靜，適合男子穿。

裴湘現在手邊有好幾間鋪子，每日忙得很，布坊是最賺錢的生意，裴湘也想法子從南面買些綢緞來，自家染色後，賣得也不錯。

其他的胭脂鋪子、雜貨鋪，關了幾家，也改做布坊。

裴湘想著，反正生意不好，還不如專心經營布坊，一個月有不少銀子賺呢！

現在裴湘手裡的銀子可比顧筠多。

顧筠希望裴湘好好的，這麼一個小姑娘待在英國公府不容易，若能多攢點錢，以後在娘家日子才舒坦。

裴湘倒是不在意英國公府，反正她自己有錢，還有小廚房，絕不會求到徐氏那邊去。只不過裴珍總是耍瘋、吵吵鬧鬧的，裴珍就是這樣，一點不順心的事就鬧，看裴湘不順眼，每天嘲諷兩句都是常事。

裴湘不痛不癢，橫豎裴珍只是嫉妒罷了。當初兄長剛離開國公府的時候，裴靖又被立為世子，裴珍每天歡喜，從沒這樣過。

裴靖如今還是世子，家裡的產業分了一半給她，徐氏從前想在外人面前當個好繼母，做事謹慎，想來沒存多少錢，自己嫁妝又不多，才對國公府產業如此眼紅。

裴湘也無所謂，嫂子說得對，父親給就拿著，總比便宜別人強。

顧筠囑咐了幾句。「妳一個人在國公府也要當心，別人給的水、吃食，離了視線就要小心，我怕他們使些下三濫的手段。」

裴湘正是論及婚嫁的年紀，千萬別在這檔口出事。

裴湘點了點頭。「我知道的，那邊我基本不說話。父親對兄長有愧，全補償到我身上了。嫂子，我聽妳的話，一定會小心，有事就來找妳和哥哥。」

顧筠道：「徐氏給妳議親了？」

裴殊是裴湘的親哥哥，想娶裴湘的人應該不少。

裴湘皺著眉道：「嗯，問過我的意思，一個是忠勇侯府的二公子，還有一個是戶部侍郎的公子。」

顧筠聽著兩個名字有點耳熟，她記得回門的時候和顧槿拌嘴了兩句，說母親給她相看的對象，就是這兩人。

裴殊當時說忠勇侯府的二公子聽他母親的話，他母親讓他往東他不敢往西，而戶部侍郎的公子還未成親，就養了好幾房小妾。

「這兩個不行，一個唯母親之命是從，一個養了好幾房妾室，徐氏相看了什麼人，妳都告訴我，我讓妳哥打聽打聽。」

裴湘應了一聲。她不急著嫁人，其實不嫁人也挺好的，自己有銀子，什麼都不缺。別看兄長、嫂子現在挺好的，若是兄長還是以前那副德行，那嫂子嫁過來還不知要受多少委屈。

自己哥哥都這樣了，別的男人哪有好的。

顧筠覺得嫁人很重要，但裴湘這邊，她不好多勸，畢竟還小呢，這事兒不急。嫁人肯定不會有十全十美的夫君，選個自己看重的長處，其他的地方也無可奈何。世間女子都是這樣的。

裴湘心情不太好，許是因為要議親，又許是因為裴珍太鬧騰，讓她心煩。

裴湘一回到國公府，英國公就叫她去書房說話。

英國公如今很關心裴殊。「他和他媳婦沒在裴府，回莊子了？這麼冷的天，怎麼總愛往鄉下跑。」

「是因為那裡住著舒服吧，兄長離開國公府就去了那裡，夫妻二人相互扶持，在那邊的感情不比別處。」

英國公不再說了，以前管不了裴殊，現在更管不了。

「行了，妳回去吧！天冷路滑，當心些。」

裴湘點了點頭，心道：早知如此，何必當初？當初但凡對兄長好一點，也不會到如今的地步，國公府有裴靖，裴靖不是他器重的兒子、出息的世子嗎？

天越發嚴寒，裴殊今年沒有去西北，而是讓趙顯承跑了一趟，過年前趙顯承就回來了，說西北一切都好。

「雞養了兩千多隻，一天能撿一千五百顆雞蛋，豬有三百來頭，除了幾頭母豬，剩下的都能殺，雖然不夠將士吃，卻是個好頭。屬下去了趟軍營，他們很感激士農司，也很感激大人。」趙顯承出門三個多月，頂著一路風雪，雖然受了不少苦，但也長了見識，他們這些世家公子，從前只知道讀書，歷練歷練也好。

一千五百顆雞蛋，能做一頓炒雞蛋、蒸蛋羹，雞蛋在這時候可算葷菜，沒有肉，有雞蛋也能補身子。

過年殺豬，也能吃頓好飯。

「再加上青菜，還有茄子，軍營伙食比過去強多了，而且今年不缺口糧，都是吃白麵，玉米麵、紅薯麵都少。」

將士吃得飽，有力氣打仗，一連打了好幾場勝仗。

打了勝仗安邦定國，皇上這一年來給了士農司不少賞賜，連帶著他們都水漲船高。

裴殊道：「辛苦你了，帶點蔬果回去，別客氣。」

趙顯承不好意思地撓撓頭。「多謝大人。」

臨走的時候，還摘了一顆草莓吃。

味道有些酸，但本就是冬日見不到的水果，酸的也覺得甜。

裴殊摘了一小筐帶回去。

今兒臘月十五，是顧筠的生辰。

裴殊上午在家，下午才來士農司，一會兒去城裡買點東西，然後就回家了。

裴殊想給顧筠買生辰禮物，去年顧筠生辰，他不在家中，今年在，就要好好過。

只不過因為阮囊羞澀，裴殊也買不了什麼貴重的禮物。

他買了一隻燒雞、五香居的點心，現在賣得特別貴的蘋果、橘子，還有一支小巧可愛的簪子，這才打道回府。

冬日幾個月，他們都是住在莊子裡，大概如裴殊所言，這是他們第一個家，是兩人的心血所成，和其他地方意義不同。另一方面是因為炕太暖和，還大，睡著舒服。

虎子坐在外頭趕車，他穿著厚實棉衣，手上戴著棉手套，還戴了帽子，能把耳朵護住。

他知道今天回去肯定能吃好料。

「公子可以睡會兒，回去還得一個時辰呢。」

裴姝一點都不睏，相反地他很有精神，今兒是顧筠生辰，過了今天，她就十八了。

裴姝可是等了兩年，雖然今晚不一定發生什麼，但是他可以大聲告訴顧筠，他已經完完全全好了，一點問題都沒有。

這一個多月喝藥，每天晚上那樣只是「前菜」，顧筠還不知道一個男人行起來是什麼樣子。

裴姝靠在馬車裡，嘿嘿直笑，他幫顧筠買了燒雞和其他吃食，錢花到一文不剩，這個月還有一半呢！

裴姝也不急，他願意為顧筠花錢，就算全花光了也高興。

一個多時辰後，到家天都黑了。

裴姝和虎子抱著東西進家門。「阿筠，我回來了。」

屋裡燈光暖和，透過窗紙能看見模糊忙碌的影子，春玉打簾。「夫人，大人回來了！」

顧筠今天換了新衣裳，是裴湘新給的酡紅色料子，很鮮豔，領子和袖口都鑲了兔毛，烏髮綰起，顯得人特別白。

顧筠笑了笑。「怎麼現在才回來呀！天都黑了，快進來暖暖身子。」

桌上已經擺上菜了，一共八道，其中有兩道涼菜，小碗裡是醬汁和白糖。

熱菜還在鍋裡，裴姝又添了一隻燒雞，清韻拿下去撕開、擺盤了。

鍋裡溫著肘子，砂鍋裡燉著排骨，還有糖醋魚，兩道小炒。有肉有菜，這時候能吃黃瓜、炒青菜，連拌草莓都能擺上桌。可真香！

裴殊脫了大氅，讓顧筠在這兒等著，自己去廚房舀了點排骨湯，做麵條並煮熟，總共一小碗，用不了多長時間。

今天過生辰，得吃長壽麵。

顧筠心裡歡喜，今天平陽侯府也送來禮物，是李姨娘做的衣裳，還有祖母給的東西，這些事肯定是父親、母親應允的，去年就沒有。

顧筠很知足，可看裴殊端著麵碗進來，還是忍不住紅了眼眶。

「有這麼多菜呢，還煮麵做什麼？」

「長壽麵不一樣，就一小碗，全給吃了。」

裴殊說生辰這天就要吃長壽麵，這樣才能長命百歲。但顧筠覺得，和喜歡的人活到一百歲那才叫長命百歲，不然那麼長的壽命，活著也孤單寂寥。

顧筠吃了一半，剩下的給裴殊吃了。

裴殊道：「我吃、我吃，誰讓妳是壽星呢！吃完長壽麵，還能吃別的。今天的菜真好，多吃點，瞧妳瘦了。」

顧筠覺得自己還胖了，每次換季，去年的衣服就穿不下，只能做新的。幸好家裡不缺銀子，不缺布。

顧筠道：「你也多吃點，夫君這陣子辛苦了。」

有官職在身不比賦閒在家清閒，天這麼冷，出門都要受好大的罪，天亮得晚又黑得早，從士農司到家中有小半個時辰的車程，難為他來回跑。

裴殊道：「我不辛苦，妳燉的補湯，我每天都喝，我感覺自己能掀翻一頭牛。」

能不能掀翻牛，顧筠不知道，但是裴殊總能輕而易舉地把她抱起來。

男子和女子終究是不同的，裴殊的胳膊就比她粗壯。

想起裴殊抱著人不放手的樣子，還有那力氣，顧筠心都顫。

「你要是嫌苦就別喝了。」顧筠趕緊把這話岔過去。

那補湯是做什麼的，裴殊心裡如明鏡似的，竟然敢在這麼多人面前提，也不怕羞得慌。

裴殊是不想喝了，再喝他就該……

「嗯，那不喝了。阿筠妳多吃點，今兒妳生辰，要不要小酌兩杯，添點喜氣？」

因為酒壯人膽，怪不得人人都說小酌怡情，裴殊想說喝一點，肯定能更大膽一些。

成親快兩年，裴殊只在新婚那晚喝多了，其他的時間就再沒喝過，他的改變並非一朝一夕，而是長久的，顧筠只是不喜歡他喝酒耽誤正事，若是平日裡少喝，她哪會不答應。

「都喝一點吧，也暖暖身子。」顧筠讓春玉去拿酒，家裡是備著酒的，有時候煮菜燉肉也會倒上一點。

馬上就過年了，喝酒慶賀也挺好的。

每人倒了一小杯，烈酒入喉，只得快些嚥下去才不會嗆著辣到嗓子，可是直接嚥下去，心口那塊都熱了，連帶著手腳也熱了。

這才喝了小半口，顧筠皺著眉把杯裡的酒喝完，結果裴殊又倒了一杯。

「夫君，我喝不了了，一杯就倒了，真的喝不了。」

「妳可是壽星，別人不喝妳也得喝，壽星該多喝一杯。」裴殊把酒瓶放在桌下。「行了，行了，喝完這一杯，咱就不喝了。」

裴殊拍了拍腦袋，杯口淺，兩杯還沒有一兩酒，他從前幾乎不喝酒，一杯下肚也暈乎乎的。

於是，顧筠喝了兩小杯，而裴殊只喝了一杯。

顧筠暈乎乎的，也不知自己醉了沒有。

吃過飯，裴殊帶著她回屋，廚房燒了熱水，一會兒就能梳洗淨面。

顧筠想到炕上躺著，什麼都不幹直接睡到天亮，可是裴殊把門一關，壓著她在門上結結實實親了好一會兒。

顧筠身上熱，腦子也熱，渾身像被火燒一樣。

裴殊親了親顧筠的嘴角，懷裡的人眼角一抹水光，像是被欺負狠了，微微張著嘴，連話都說不出來，就張著嘴輕喘，臉也紅，手上沒力氣，推他想貓撓一樣。

裴殊問：「舒服嗎？我親妳的時候舒服嗎？有沒有覺得腿軟站不住？」

顧筠沒法回答他，若不是裴殊抱著她，她肯定跌到地上了。

夜深人靜，半夜忽然落了雪，呼嘯的風雪聲，哪怕有枝椏不堪受重被雪壓斷，那也是恍惚的啪一聲，別的就聽不見了。

次日，少有顧筠醒來，裴殊還在的時候，她眨眨眼，覺得腰痠腿軟。

今兒上午怕是下不了炕。

裴殊也睡著，什麼都沒穿，把她緊緊箍在懷裡。

顧筠艱難地翻了個身，睜眼看周圍的一片狼藉。

衣服、小衣、襪子，還有散落在地上、炕上的珠釵，空氣裡的味道很奇怪。

顧筠瞥了眼，看桌上還有一朵絨花，腦子裡很混亂。

這就是行周公之禮嗎？

那以後她也會有孩子了。

她待得不舒服，想從裴殊懷裡出來，誰知這麼一動，裴殊就醒了。

裴殊昨晚睡得晚，因此醒來一看見顧筠，腦袋還沒反應過來就先笑了。「醒啦？要不要我替妳捏捏，還難受嗎？」

顧筠止住他作亂的手。「倒也不是那麼難受。你別碰我，想捏你自己捏。」

裴殊卻是不要臉皮，挨著顧筠的耳朵，悄悄道：「妳給我捏捏也行啊！妳摸摸我那裡……」

這就是個下流痞子！什麼葷的、黃的都敢往外說。

顧筠聽得面紅耳赤。「你怎麼還不起……沒事做了嗎？」

裴殊道：「沒有呀！什麼事都沒有，我陪妳待著。嘿嘿，我是說真的，妳只要摸一摸，我就特別舒服、特別快活，妳呢？」

顧筠真的不想和他說話，她盼著裴殊快點起來，或者來個急詔把他召進宮，那才好呢！但裴殊不依不饒，非要顧筠說了舒服才行。

他昨晚完事後一直想，一夜幾次、一次多長時間那不能證明男人行，只有讓阿筠也感覺舒服了，那才能證明他行。

裴殊不知道別人是怎樣，不過這個時代以男子為尊，女子臉皮又薄，估計鮮少照顧女子的感受。

裴殊想得沒錯，世家妻妾成群，一個月分幾天，女子只有承受的分兒，完事之後叫水，各自睡各自的被窩。

做正妻的要端莊淑麗，做小妾的使盡法子討好，就算丈夫不行，完事也恨不得拍馬屁說老爺真厲害。

女子承歡，可哪兒有歡可言？

裴殊在顧筠面前一點臉面都不要，他是喜歡這檔子事，也想讓顧筠喜歡，不想顧筠因為他喜歡而委屈自己，總而言之，也算煞費苦心啊！

裴殊和顧筠商量。「那咱們能不能每晚都來呢……」

這回裴殊被顧筠趕下炕了。

「我肚子餓了，快給我弄飯去。」說完，顧筠還愣了一下，不說別人，她以前也沒想過會這麼和裴殊說話。

裴殊問：「那妳想吃什麼呢？小湯包、餃子、麵條、粥……是不是我把妳伺候好了，就答應我了。」

顧筠往地上扔了枕頭。

這一片狼藉，顧筠不好意思讓清韻她們進來整理。

原本丫鬟們該做這些，而且陪嫁丫鬟也是籠絡丈夫的手段，若是妻子有不方便的時候，可以把丈夫推到陪嫁丫鬟那兒，抬個小妾，也算體面。這是顧筠出嫁前李氏和她說的，但後來，顧筠就沒想過這件事。

就算以後懷孕了，她也不會這麼做。她的夫君，怎樣都是她的人，為何要想不開推給別人呢？無論是為妻還是做妾，都是苦的。

裴殊風風火火端著飯回來，他沒準備那麼多，只有一小碗麵，一碗稀粥，兩碟小菜，一盤子灌湯包，一盤煎餃子。

反正顧筠吃不完的，他吃，若是想吃別的，他再去做。

炕上擺了小桌子，夫妻倆就在炕上吃飯，不得不說，這炕是真暖和方便，吃飯、睡覺、看帳都行。

經過昨晚，裴殊覺得他和顧筠之間有點不一樣了，從前心疼她年紀小，承受不住，她就真以為他不行，現在看他，都躲著，不敢正眼，還容易害羞，時不時就臉紅。

他一開口說話，甭管說什麼，她就瞪他，只是一想到她連撓人的勁兒都沒有，哪有威嚴可言。

裴殊就裝成害怕的樣子停嘴。「好好好，我不說了，快吃吧！」

這還差不多！

顧筠安心地吃完早飯。

屋子收拾乾淨，開了窗子通風一會兒，換下的床單、被罩是要洗的。裴殊不好意思讓別人洗，自己燒了熱水。

裴殊又想，老天爺讓自己穿越過來，他們這是跨越時間、空間的愛情，還真是天作之合呀！

顧筠身體不太舒服，裴殊要去洗床單、被罩，她也沒攔著，只是，她在屋裡都聽見外頭裴殊笑了。

洗個衣服也能笑……一點正經都沒有。

到了中午，院子就掛上洗乾淨的床單、被罩，清韻幾人看見了，低下頭快速走過去。她們不是真的什麼都不懂，羞臊同時又替顧筠高興。

小姐未出閣前吃了不少苦，嫁人之後也沒一天安生日子，現在終於熬過來了，以後都是好日子，看誰敢小瞧她們夫人！

春玉年紀稍長，咳了兩聲，把清韻、綠勺拉過來，悄悄說道：「咱們可以準備小主子用的東西了，像是衣服、鞋子，以備不時之需。」

清韻道：「還是春玉姊姊想得周到。」

春玉道：「這先別和夫人說了，就私下準備，不然夫人看了著急。」

嫁人兩年沒孩子，哪能一點都不著急，幸好徐氏是繼母，管天管地也管不到他們這兒，李氏那邊離得遠，不常來往，也不會催這個。

「我們曉得，還有以後吃食上得更注意，夫人面前沒有年長的人提醒，咱們小心點就是了，大人也不是胡來的性子。」綠勺也沈穩多了。

顧筠對她們好，她們自然要回報。

春玉拍了拍胸口。「哎，真想有個小主子，我可是盼了好久。」

不過這事得順其自然，裴殊不想那麼快有孩子，有了孩子，顧筠的心神得分一半出去，現在這樣就挺好。

生了孩子卻不養，還不如不生。就像英國公，還有很多和英國公一樣的男人，孩子有出息了，才知道相認，那你幹麼生？

裴殊不是原身，沒辦法對英國公做出評判，但他要當父親，絕不會像英國公一樣。

裴殊把這天當新婚之夜，還給自己放了三天假，他才開葷，自然一天到晚想著這事，恨不得天天待在炕上。

顧筠招架不住，三天一過，一早醒來看不見裴殊的影子，心裡著實鬆了口氣。

她揉揉腰，起身疊好被子，梳洗吃飯，記帳對帳。

一轉眼，就迎來新年。

第二十三章

今年過年在盛京過，按例，顧筠要和裴殊一同參加宮宴。

裴殊是朝廷正三品官員，顧筠是正三品淑人，禮部前兩天把參加宮宴的衣裳送了過來，是雲霞孔雀紋的褙子和霞帔，鈿花金墜子，帶金寶鈿花八個。髮冠上有兩個金翟、四個珠翟，兩個珠牡丹開頭，兩個珠半開，二十四個翠雲，十八個翠牡丹葉，十分華麗。

不是所有人都能參加宮宴，能與皇上一起同吃同樂，也是一種殊榮。

顧筠想好好準備，這不僅是給裴殊爭面子，也是給自己爭面子。她不喜歡參加亂七八糟的宴會，但是宮宴不同，從前許多沒見過的人，在宮宴上都能見到。

平陽侯夫人、英國公夫人，還有一堆朝廷命婦，都會進宮。

大年三十，一早顧筠就梳妝打扮起來，裴殊看了嘖嘖稱奇。「阿筠，妳這樣已經夠好看了，妳這樣化妝更好看了！」

顧筠對著鏡子畫眉，眉筆一頓，就歪了。「哎，你去一旁待著。」

裴殊倒是理直氣壯。「我在這兒待著也妨礙不到妳，而且是妳畫歪了。」

顧筠不再理他，用眉筆描了描眉尾，唇上試了好幾個顏色的唇脂。最後選了顏色深一些的，看著沈穩些。

她年輕，朝廷命婦沒幾個她像這般歲數的，承爵的夫人年歲都大，小一些的也有三十，至於皇上封的誥命夫人年紀更大，許多都是等資歷夠了，再行封賞，少有裴殊這種年紀輕輕就屢屢立功之人。

顧筠就是要把自己弄得沈穩些，別讓人小瞧了。

裴殊看癡了，他的媳婦可真是好看，怎麼看都看不夠。

「阿筠，晚上回來，妳先別梳洗好不好？讓我看個夠……」

顧筠都能猜到裴殊想的是啥。「現在不也能看個夠？」

「那怎麼能一樣！」青天白日，裴殊不太好意思。「嘿嘿，我不說妳也知道……還需要什麼，我幫妳拿。」

顧筠試了試髮冠，是極沈的，這大冬天去宮裡一趟也是受罪，回來自然不可能回莊子，就在城內宅子住。

聽說宮宴上的飯食都是冷的，所以得在家中吃一些，還有衣服繁複，裡三層、外三層，穿脫不方便，也得少喝水。

其他的就是少說話，多說多錯，安安靜靜等宮宴結束就行了。

吃過午飯，兩人就坐馬車去城內的宅子。

顧筠要帶兩個丫鬟進宮，思來想去決定帶春玉跟綠勺。春玉是從英國公府帶來的人，見識多一些，而綠勺機靈。

清韻說：「那奴婢在家中等夫人、大人回來。」

春玉和綠勺也是激動，這還是頭一回，哪個丫鬟能進宮。

兩人在心中默唸，進宮務必謹言慎行，不給夫人添亂。

臨到傍晚，顧筠和裴殊坐著馬車往宮門趕去。

大年三十，人人都在家中過年，玄武街車水馬龍，皆是進宮赴宴之人。

到宮門口下了車，顧筠瞧見安定侯夫人在翹望著，宮宴男女分席，顧筠和裴殊不在一塊兒。

安定侯夫人扶著丫鬟的手走過來。「我在這兒迎妳，妳是頭一回來，就跟我一塊兒吧！」

顧筠喊了聲伯母，她和陳婷蕓交好，安定侯夫人又是陳婷蕓的母親。

「那就叨擾伯母了，我正愁不認識人呢！」

裴殊把人送到，就去了大臣那邊。男女分席也是有緣由的，有的大臣並未帶妻子前來，而且除了大臣家眷，還有後宮妃嬪。

裴殊看了顧筠兩眼，看她神色自如，不過知道她能應付自如是一回事，不放心又是另外一回事。

安定侯夫人等顧筠，安定侯順道等裴殊。

「哎，別瞅了，這麼一會兒工夫，走吧！」

裴殊又回頭看了一眼。「嗯，走吧！」

外頭是真的冷，安定侯年輕時受過傷，天一冷就腿疼，走路一拐一拐的，那時的西北和現在一樣冷，吃飯都冰牙。

安定侯道：「前幾天傳來捷報，安王又打勝仗了。」

裴殊道：「這是喜事啊！」

安定侯說：「自然是喜事，你這小子，倒是沈得住氣。」

裴殊知道他說的是什麼意思，士農司給西北送了不少蔬菜糧食，今兒大年三十，西北將士應該還能吃頓滿足的肉，他對西北戰事有功。

「這事其實和我關係不大，勝仗是他們拿命拚出來的，我在這兒吃得飽、穿得暖，什麼都好。」

顧筠跟著安定侯夫人沿著宮牆走，牆上堆著雪，牆下乾乾淨淨，這條路上人不少，不過都隔了四、五個人的距離，低聲說話旁人是聽不見的。

安定侯夫人道：「我瞧見英國公夫人進宮了，她估計坐妳前頭。」

一等公爵夫人，御朝可沒幾個，要不然她為何非要給兒子爭世子之位呢？

顧筠道：「見了總得打個招呼，不然外人會說三道四。」

大抵就是她不仁，妳不能不義，孝悌忠信，孝排在最前頭，繼母也是母，不能給裴殊留下不孝的名聲。

安定侯夫人眼中閃過一絲厭惡。「我知道，難為妳了，不過想想真是痛快，裴大人能赴宴，裴靖卻不成，等裴靖能來了，她就來不了了。」

顧筠笑了笑，雖然這麼想有些幸災樂禍，但確實挺爽的。「一會兒見著了打個招呼，平時來往都會送禮。我就怕英國公等著我夫君。」

顧筠知道繼母不會為難她，但英國公想見裴殊不是一、兩天了，好不容易能見一次，怎麼會放過這個機會？

安定侯夫人說：「非見不可也沒辦法，裴大人有主意的，妳就別擔心了，我帶妳去見見別的夫人。」

安定侯夫人身上也有誥命在，早年安定侯征戰沙場，立下不少戰功。

同安定侯交好的夫人都是人品貴重之人，顧筠認識了不少人。

她們一早就知道顧筠會來，無論心裡想什麼，臉上都不會表現出來，見人先是三分笑，和裴家交好沒有壞處。

等落坐了，看顧筠年紀輕輕，不免心生羨慕，人不得不信運道，從前這姑娘拔尖，她們還說一個庶女，哪至於這樣，她還真嫁進英國公府了。

後來被英國公府趕出去，結果一轉眼，夫君立起來了，她還受封為淑人。

她今年才十八歲，以後說不定會成為一品夫人。

平陽侯夫人過來說了兩句話，她是顧筠的嫡母，以前沒苛待過她，顧槿開春出嫁，兩姊妹多走動，也挺好的。

「八郎進私塾了，平日還是妳姨娘照看著，初二回來看看他們，妳祖母也念著妳。」妳若過得不好，初二回娘家也冷清；若過得好，都盼著妳回去。

顧筠笑了笑。「多謝母親掛懷。」

平陽侯夫人拍了拍顧筠的手，沒說別的。

等宮宴開始，安慶帝說道：「今年風調雨順，西北捷報頻傳，江南雖有水患，但傷亡小，流民有家可歸，國泰民安……過冬下了幾場雪，瑞雪兆豐年……諸位與朕共飲此杯，以賀天下之喜。」

「吾皇萬歲萬歲萬萬歲，這乃百姓之福，天下之福。」

安慶帝讓人傳膳。「諸位不必拘禮。」

宮女魚貫而入，桌上擺滿菜餚，顧筠一樣吃了兩口，宮裡吃飯不比在家中自在，食不過三，等看著都吃完了，就把桌上的菜餚撤下去，換新的上來。

這吃下來，竟有百餘道菜，有些菜是溫的，味道確實不錯。

用過飯，安慶帝領著眾人登樓看煙花，宮中的煙花盛大好看。

顧筠在安定侯夫人旁邊，她往大臣那邊望過去，就對上裴殊含笑的眼睛，裴殊也在看她。

顧筠低下頭，這麼多人，可別讓人抓到錯處。

不過……可真好呀！看著太平盛世，其中還有裴殊的一份力。

宮宴結束時已經過了亥時，一進馬車，裴殊就替顧筠裹上大氅，一摸她手，冰涼的。

虎子在馬車裡等著，有炭，不覺得冷，他在外頭還看見煙花來著，可好看了。盛京城的百姓應該也能看見。

春玉、綠勺目光很是興奮，她們一個遞暖爐，一個倒熱水。

「夫人快喝點熱的，暖暖身子。」

顧筠搖搖頭。「妳們也快暖暖身子，我倒是不怎麼冷，來這兒冷也值了。」

裴殊道：「宮裡大，宴上吃的菜也多，不過沒咱家好。」

春玉覺得是這個道理，金窩銀窩不如自己的狗窩。

宮門離宅子也就兩刻鐘的車程，到了家，眾人趕緊梳洗。

清韻已經準備好熱湯，年夜還得吃餃子呢！

大年三十，要守歲。

家裡有小孩子的人家就去外頭放煙花了，年夜極其熱鬧，各家燈火通明，外面恍若白晝。

顧筠在宮宴上吃了些，又吃了幾顆餃子，吃最後一顆的時候，吃到一枚銅錢。

清韻道：「總共包了幾個，夫人吃到了第一個，來年肯定福運順通！」

裴殊心道，那是自然，顧筠順通，他就順通。

過年守歲，家家戶戶都熬過子時。

顧筠看著裴殊，道：「咱們家就像現在這樣，就挺好了，大家都多吃點，一會兒把瓜子、花生、點心拿來。」

熱騰騰的餃子下肚，渾身暖融融的。

裴殊忽然想到了西北，山川異域，風月同天，他們也在過年吧？

西北。

安王讓副將搞點煙花，結果弄來一箱竄天猴，不閃也就罷了，聲音還賊大，一個火星竄上天，那聲音震得地都晃。

敵軍還以為御朝起兵，嚇了一跳，連過年都沒法安生，這些都是後話了。

放了一箱竄天猴，也算沾沾喜氣，西北這邊冷，常年積雪又人煙稀少，去年的時候一群當兵的守著城，靠在冰冷的城牆上吃飯，還有的人守在山上，過年也沒啥好菜。

安王去年也在西北，帶著侍衛去山上轉了轉，看有人蹲在雪地裡，向著南面，男子漢大丈夫，在那兒小聲地哭。

安王看了好久。

今年好多了，雖然比不上老百姓的日子，但是今年起碼有肉。

三百頭豬，一頭豬兩百多斤，殺了之後連骨頭帶肉，還有豬血，總共有六萬多斤。

西北十萬將士，安王大手一揮。「過年吃，吃頓熱的年夜飯！」

六萬斤豬肉，若是從商販那兒買，得一千兩銀子，而從裴殊那兒買，只需要六十兩。

以後士農司的豬更多了，還是這個價錢，朝廷占了不少便宜。

還有一千多隻雞，每日就有七、八百個雞蛋，軍營火頭軍那兒雞蛋不少，今年的年夜飯著實豐盛。

火頭軍從上午就開始忙著燉肉、洗菜，都是豬肉，但位置不同，有豬頭、大腿、脊骨、蹄子、下水等。

軍營裡肉不多，這麼好的肥豬得小心伺候著，爭取讓兄弟們吃飽吃好，所以下鍋的時間還不一樣。

肉都切成小塊，到時候誰吃著了哪塊，就看運氣。運氣好的人吃塊肥肉，運氣不好的人吃著下水，那也是沒有辦法的事。

除了燉肉，還切下來不少肥膘熬油，剩下的油酥剁上白菜，和麵包成餃子。

從古至今過年都得吃餃子，這是御朝的傳統，以前沒那條件，現在有了，那就包一點，一人吃上兩顆，沾點喜氣。

軍營的人缺油水，油酥餡餃子最好不過，到時候沾點香菇醬，那味道極香。

年夜飯有豬肉燉菜，有肉啥菜都好吃，小白菜、蘿蔔、青菜吸飽了肉湯，肯定好吃。

今兒也不做米飯，就吃饅頭，一人兩個，正好饅頭還能泡肉湯吃。

炒雞蛋、燉肉菜，沒一樣素的，一人兩顆餃子，值守的將士輪番吃，儘量吃得大快朵頤。

安王吃的也是這些，饅頭和燉菜，不過給他的都是五花肉，肥肉相間，吃起來很綿軟，是油脂的香味，配著饅頭吃特別好。還有好幾塊炒雞蛋，炒得油亮亮的，翠綠的小蔥裹在黃澄澄的雞蛋裡，味道正好，不鹹不淡的。

餃子兩口就一顆，因為放了一會兒，有些涼了，薄皮下頭是碎白菜和剁成末的油酥。

安王吃過山珍海味，其實最好吃的在這兒。

將士們大口大口地吃，漆黑的夜色裡，頂著一張被凍傷的臉，用有凍瘡的手挾菜、拿饅頭，笑得真開心啊。

有人吃著饅頭就流下淚來，他們還是頭一回吃肉多菜少的伙食，有的人是因為家裡窮，養不起那麼多個，所以才來當兵。

當兵苦，吃得也不好，興許第二天就沒命了，有生之年還能吃頓好飯，死也值了。

「嘿嘿，我爹娘都沒吃過這麼好的飯菜，我家裡就靠種田，我爹扛袋子一天才幾個錢，還得給我哥、我弟攢錢蓋房子娶媳婦。我們家過年，一家分一小塊肉，餃子全是菜，只有一點肉味，我當時覺得可美味了，過年終於吃著肉了，一年到頭就盼著過年……」

小兵吸了吸鼻子。「還想肉也就十幾文一斤，也不貴啊，怎就吃不起呢？」

還真就吃不起，一家老小要吃飯，還要穿衣裳，啥都要錢。

大概應了那句話，貧賤夫妻百事哀，有錢的能出錢讓人替自家孩子去參軍，沒錢的……

大過年高興，那些事不提也罷。

眾人這頓飯吃得飽足，吃完再去盛碗餃子湯，在這冷夜添絲暖意。

大年三十守歲，年初一在家，年初二媳婦回娘家，年後再走親訪友，家家如此。

顧筠一早被鞭炮聲吵醒，躺了一會兒才意識到是在盛京的宅院，不是莊子。

裴殊早就醒了，他一臉鬱色地對顧筠道：「丑時就有人在外頭放鞭炮，一直放到現在。」

顧筠還能睡到現在，那也是真睏了。

裴殊把人抱到懷裡，又往上頂了一下。「老早就想叫妳起來，就是捨不得，阿筠……」

兩人鬧了半個多時辰，裴殊這回神清氣爽了。家裡沒老人，不過春玉知道一些慣例，比如初一不能往外扔垃圾，怕把家裡福氣扔出去，不能掃地，不能做粗活，還有一種說法，年初一做啥，一年都做啥。

裴殊聞言看向顧筠，顧筠嗆了一口水。「懷著敬畏之心就好，不必都信。」

去年過年他們在西北，今年不同，顧筠道：「那今兒都歇歇，別幹活了，把各家的禮備好就成了。」

只要是送禮過來的人家，他們都得回禮，禮單也要記清楚，年禮多是點心、酒，不出錯處就成。

明兒給平陽侯府的，比照英國公府的，沒什麼不同。

這事顧筠沒和裴殊說，裴殊也沒管，家裡的事都是顧筠作主。

大年初一，就懶洋洋地在家裡待了一天。

大年初二，顧筠和裴殊回了平陽侯府。

門房過來回報，裴府的馬車到了，平陽侯府一家才出門迎接。

這回，除了顧老夫人，平陽侯府上下都在門口迎著。

出嫁的姑奶奶，除了顧筠，還有大姑娘顧襄。顧襄嫁得不錯，夫君是工部侍郎的公子。

以往初二家裡都是等顧襄回來，今年不一樣，是為了等顧筠。

平陽侯同顧夫人道：「襄娘和筠娘回來，妳把我珍藏的酒拿出來，我和女婿喝幾杯。」

顧夫人對平陽侯這副樣子見怪不怪，天底下男子都一樣，無利不起早。

不過她還是道：「既然是好酒，那妾身也得討一杯了。」

不一會兒，馬蹄聲和車輪聲響起，馬車停在門口，先下來的人是清韻，緊接著綠勺也跳了下來，兩人擺好小杌子。

裴殊這才下來，他披著深色的大氅，顯得人高瘦，他本就長得好看，又有三品大員的身分擺著，可謂是年少有為。

平陽侯不得不感嘆，若裴殊本就如此，這門親事還輪不著平陽侯府，也虧得他從前胡來，顧筠才嫁過去，雖然吃過苦，可夫妻情分越深，也是因禍得福。

他倒是養了個好女兒，平陽侯從未擔心過顧筠會因為起初的薄待而疏遠娘家，畢竟娘家是倚仗，以後在夫家受了委屈，肯定得靠娘家。

再說李氏和八郎都在侯府，顧筠還能不管她親娘和親弟弟？就算心裡委屈，也不會說罷了，一家人就要其樂融融，相互扶持才好。

平陽侯想的是，出嫁的女兒要多幫襯家裡兄弟，但是妳過得不好，就別來我面前礙眼了。

裴殊下了車，朝車裡伸出一隻手，把顧筠扶下來。

顧筠身穿酡紅色的衣裳，衣襬和袖口滿是刺繡。

清韻、綠勺把後頭車裡的年禮搬下車。

顧筠福了一禮。「見過父親、母親。」

裴殊跟著道：「見過父親、母親。」

裴殊連腰都沒彎，可平陽侯一點都不介意。

「天冷，進屋說話。」

顧筠走在裴殊旁邊，和回門差不多，不過她偷偷往旁邊看，見李氏也在偷偷看她，李氏笑了笑，左手領著顧承霖。

李氏忍著沒哭，她知道這是高興的日子，今兒一早侯爺來她院子，說四姑娘回來，讓她帶著八郎去廳裡等著，好不容易回來一次，母女說些體己話。

李氏明白，這是因為姑爺有出息了，侯爺看重，或是想求姑爺辦事，才這般抬舉她。

李氏怕女兒為難，不過見著女兒仍是高興，忍不住歡喜。

顧承霖今年十歲了，他去了私塾，功課很好，他有好長時間沒見過姊姊了，他也想和姊姊說話。

平陽侯一邊走一邊和顧筠說話，他說著朝中局勢，誰家起來了，誰家下去了，說江南水患，說城外暴亂，最後問起西北。

「聽說士農司在西北蓋了不少棚子，那豈不是軍糧……」

裴殊適時打斷，他笑著的時候就是浪蕩公子，冷著臉有幾分威嚴。「侯爺莫說這個了，朝廷要事，不敢隨便往外說。」

平陽侯神色不太好，他點了下頭，道：「在朝廷做事，不能獨來獨往，你們士農司不上朝，也不與官員同事說話，須得圓融變通些。」

裴殊道：「聽皇命行事，其他的，輪不著我們管，破廟大小的地方，沒那麼多彎彎繞繞。」

平陽侯也拿不準裴殊是什麼意思，這女婿有出息就拿喬了，他說了幾句好話，世間男子，都愛聽好話，把人捧高一點。

「賢婿苦盡甘來，如今出人頭地，我這女兒也是命好，她呀，別的不行，最重感情，還望賢婿好好待她。」

若只看最後一句，或是這話是回門那天說的，裴殊或許當這是平陽侯的心裡話，偏偏不是。他說顧筠別的不行，好似這個當爹的什麼都行一樣，他們夫妻倆走到現在，在別人眼中，只有四個字「苦盡甘來」。

裴殊道：「我自會好好待阿筠，離開國公府有多狼狽，我就明白那份情誼有多珍貴，除了阿筠，再沒有別人對我那般好了。」

除了顧筠，所有人都是旁人。

也不知平陽侯是沒聽明白還是怎麼回事，愣是聽不出其中的深意，興許聽明白了，就裝傻充愣，他這種人，最會幹這事了。

難不成裴殊還會跟他撕破臉不成？

「賢婿，一會兒進屋咱們再細說，你大哥也回來了。承允，去湖心亭，也讓阿筠和她祖母、姨娘說說話，有些日子沒見了。」

顧筠不放心地看向裴殊，擔心他在顧家受委屈，就怕裴殊因為她的緣故，答應了什麼不該答應的事。

裴殊擺擺手。「夫人去見祖母吧，我一會兒過去。」

顧筠點點頭，人太多，不好說話。

今兒和回門那天完全不一樣，無論是端茶倒水的，還是打掃庭院的，平陽侯府上上下下都在忙碌。顧筠未出閣時，嫡姊初二回娘家也沒有這個陣仗。

皆是因為裴殊。

顧筠卻高興不起來，她父親是個無利不起早的人，她就怕裴殊為難。

出嫁從夫，家裡在她落魄的時候沒給過什麼，也休想從她這兒拿到什麼。

也別說什麼娘家是倚仗，顧筠看得明明白白，倘若當日她真和裴殊和離，顧家會讓人給她驗身，若是完璧，一頂轎子送去王府，不會再管她的死活；如若不是，扔去莊子自生自滅，顧家沒有她這麼丟臉的女兒。

顧夫人帶著她去老夫人的院子。

顧老夫人年紀大了，一年比一年蒼老，顧筠瞧著比前年多了皺紋，眼睛也不像當年有神。

顧老夫人拍拍旁邊，朝顧筠招手。「阿筠過來坐。」

顧筠忍住淚意。「孫女來給您拜年了，還有給您帶的年禮。」

顧老夫人道：「妳回來我就高興，哪用得著帶什麼東西。」

屋子裡一堆人，顧老夫人也不方便說什麼話，不過待了一刻鐘，門房那邊來人說，大姑娘和姑爺回來了，顧夫人這才退下。

「兒媳過去迎迎。」

這回屋子裡才沒什麼人了。

顧筠握著顧老夫人的手。「祖母瞧著瘦了，可是天冷腿疼，胃口不好？」

顧老夫人笑道：「年紀大了就是這樣，妳不用擔心。阿筠穿這身好看，妳還年輕就該穿這些鮮亮的顏色。」

顧老夫人想起兒子來她屋裡說的話，想了想還是沒說。對她來說顧家是重要，可她半截身子都進土了，還管那麼多做什麼。

情分就那麼點，耗盡就沒了，顧筠離開國公府的時候，她沒幫什麼忙，哪好意思讓她照顧家中兄弟。

顧筠道：「這是裴殊親妹子送過來的料子。」

顧老夫人點點頭。「妳父親那是個糊塗的，他說的話妳別往心裡去，兒孫自有兒孫福，別讓妳難做。兄弟姊妹之間，槿娘對妳還不錯，妳日後護著點她就成了，還有八郎，妳的親弟弟，看顧著些，其他人用不著妳管。」

二公子顧承允已經成親幾年了，身上有個不大不小的官職，平陽侯自然著急，他有時甚至想，若顧筠是男子就好了，可惜不是，還嫁了那樣一個人。

可是峰迴路轉，柳暗花明，顧筠成了家裡身分最貴重的人，以後的路一片光明。

顧老夫人是高興的，平陽侯也高興，卻不是真心實意地高興。

顧筠趴在顧老夫人的腿上。「我知道的，知道祖母心疼我，我什麼都好，祖母不用掛念我，裴殊他對我很好，凡事拎得清，我們不會再回去英國公府了……」

顧筠絮絮叨叨說了很多在家的事，包含種地、養雞，還說以後會送麻醬給祖母，年禮有盒草莓是給她的。

顧老夫人道：「難為妳有這份孝心。」

和顧老夫人說了一刻鐘的話，老人家體力不支，睡了過去。

顧筠替老夫人蓋上被子，悄悄退了出去，李氏還在等她。

見了女兒，李氏只有哭，眼淚止不住往下流，母女倆抱頭哭了好一會兒。

李氏把顧承霖打發走，由衷笑道：「看著高了，還胖了些。」

李氏捏了捏顧筠的腰身，是細的，可別處長了不少。「妳這……阿筠，娘得叮囑妳幾句，嫁了人，身邊又沒有個向著妳的長輩，妳得自己當心，可看過大夫？」

顧筠知道李氏說的是何事。「娘，妳忘啦，女兒就看醫書，自己什麼樣還不清楚嗎？」

她年前才和裴殊圓房，哪能那麼快。

李氏拍了拍心口。「那娘就放心了，還是早早生下孩子，清韻和綠勺……」

陪嫁丫頭的用途不用明說，李氏做妾的，知道做妾的艱辛，更知道顧夫人對自己的不喜，可是……時下男子十有八九都納妾，指望情誼，那玩意兒能當飯吃嗎？

顧筠急忙打斷李氏。「娘您聽我說，我和夫君一同離開國公府，相互扶持才有了今天的日子，無論如何我不會主動給夫君納妾的，若是他日變了心，我頂多會傷心難過一段時間，我還有錢財。道理女兒都懂，我不想傷了夫妻情分。」

李氏不方便再勸，顧筠向來是個聰慧的人，拿捏住裴殊根本不算什麼。

「那生孩子也是要緊事，聽到了沒，萬事留個心眼，娘這裡不用妳操心，承霖還小，夫人仁義，等他長大了就出府，娘還等著抱外孫呢！家裡的事能推就推，他們又不是妳親兄弟，以後妳能幫承霖一把就好。」李氏就這麼兩個孩子，那時裴家出事，她幾乎睡不著。

顧筠道：「女兒分得清親疏遠近，夫君也是如此，娘，您放心。」

母女倆說著話，外頭來了人，說是顧夫人請顧筠過去和大姑娘說話。

顧筠站了起來，臨走前塞給李氏五百兩銀子，畢竟承霖去私塾讀書，上下都得打點。

李氏一個姨娘，只能靠平陽侯手裡一點賞賜，日子過得拮据。

不過她只要兒女好，就夠了，其他的又算得了什麼呢？

等顧筠生孩子就明白了。

顧筠去了正院，顧夫人拉著顧襄的手過來。「妳們姊妹倆好好說說話。」

顧襄神色淡淡，大約是因為庶出妹妹比她過得好，比她體面，心裡覺得不得勁，她並沒有像顧夫人希望的那樣，和顧筠說一堆話，只是說了幾句。

顧筠鬆了口氣，顧襄這樣最好，不然還得花時間應付。

顧夫人看在眼裡急在心裡，女婿仕途不順，顧襄婆婆又往女兒房裡塞人，怎麼如意？倘若和顧筠交好，看在顧筠的面子上，也不會這般……

顧襄的確是不舒服，回娘家就是男人說男人的話，女人聚在一處，隔面紗線繡的屏風。她看著自己夫君在那兒恭維裴殊，明明以前說過裴殊的壞話，說他算什麼東西，他就是個廢物，別的不行，就是命好才娶了顧筠。她的好夫君還打趣過，說娥皇女英共侍一夫，好像只有嫁了他，服侍他才好呢！

吃過午飯，裴殊和顧筠起身告辭。

平陽侯親自把兩人送出去。「這也是家，記得常回家看看。」

顧筠面上工夫做得十足。「女兒曉得。」

然而，還沒出正月，平陽侯就聽聞士農司奉命出使江南一事。他託人打聽，也沒打聽個所以然來。

顧承允道：「爹，您還是別指望顧筠了，她原就是個有心機的，無往不利，怎會幫我？」

倘若顧筠知道顧承允這麼說，她肯定說，哎，沒錯，她就是如此。

裴殊奉命去江南是為了種水稻，去年留了不少糧種，足夠盛京種，等今年秋收再留種，明年各地都能種上裴殊的小麥。

皇上給這種小麥取了個名字，叫皇家小麥一號。

據裴殊所說，這個就像男女生孩子，有一代又一代，出息的子孫會進祠堂，小麥也是這樣，出息的就有名字，不出息的就碌碌無為，被人們吃進肚子裡。

裴家種的小麥是皇家小麥二號，士農司大棚裡出來的，畝產有三百九十斤。

裴殊把莊子、士農司的事交給路遠和趙顯承，他準備帶周長生和李昱霖一起走。顧筠自然也跟著去。

昨兒周長生和李昱霖問他，能否帶家眷，裴殊想著若是同去，顧筠也能有伴，相處得來就相處，相處不來就別理了，反正他是上峰，周、李二人也不會說什麼。

「帶著夫人就成了，別帶亂七八糟的人。」

李昱霖、周長生連道不會，裴殊帶著夫人，他們哪能帶小妾，這不是讓裴夫人難做嗎？且看裴殊和顧筠這般，說不羨慕是假的。

李昱霖回家之後讓妻子收拾好東西，兩日後動身，下人帶兩個就成，多帶衣物和吃食，最好讓廚子弄點肉乾、肉醬，以免到江南沒得吃。

李夫人問：「裴夫人也同去？」

李昱霖道：「這是自然。夫人，此去江南路途遙遠，分外艱辛，妳可願同我去？」

李夫人當然願意，她厭惡夫君的幾個妾室，能和夫君單獨相處，那幾個妾室還眼不見心不煩，到了江南生下孩子，無人能越過她去。

「夫君說的是什麼話，妾身當然願意。」

李昱霖說：「那就好，多帶點肉乾，讓廚子熬點辣醬、肉醬，就用香菇丁和肉丁，一定要多帶點。」

顧筠也在收拾東西，首先是她和裴殊的衣物，虎子他們自己收拾自己的，現在天冷，等到江南就暖和了，一年四季的衣物都要帶上，除了衣物還有布料，這都是不能少的。

至於吃食就帶上凍好的灌湯包、餃子、茶葉蛋、鹹鴨蛋，再帶個小鍋子和幾個蒸籠，路上還能煮粥熱湯。

顧筠縫了不少香囊荷包，裡面裝了防蚊蟲的藥包，還有治風寒、治跌打損傷的藥材。

銀錢必不可少，路上不必帶太多東西，等到江南再置辦也不遲。

裴殊奉命去研究水稻，江南富饒，良田千萬頃，可那都是有主的。裴殊想要地，只能買，士農司也是窮，帳上就一千多兩銀子，只夠買四、五十畝地，這哪夠。

幸好，江南莞城玉屏州漳渝縣抓了一個犯事的員外，那個員外家裡有六百多畝地，安慶帝作主劃給了士農司，這些地不屬於裴殊個人，日後賺了錢，也是士農司的。

老員外家裡的人一併入牢，宅子也劃給士農司，以前員外就雇長工種地，裴殊他們去了，還得另想辦法。

第二十四章

正月二十七，裴家還有周家、李家乘馬車前往漳渝縣。

漳渝縣距盛京一千多里，日夜不休，也得半個月，路上再休息耽擱幾日，顧筠他們到莞城時也是二十天後。

陽春二月，草地萌生新芽，前天下過一場春雨，地裡的草像吃了油水一樣，噌噌地往上冒，護城河兩邊的楊柳抽條，一片春意融融之景。

路上二十天，顧筠同李昱霖、周長生的夫人也熟了起來，李夫人王氏年紀比她大三歲，周夫人韓氏比她大兩歲，兩人行事張弛有度，很有分寸，幾乎不往她面前湊。

王氏和韓氏從前就知道顧筠這個人，這姑娘好強，是個硬氣的，原想是那種掐尖好勝不讓人的，結果卻是極有主意的性子，至於別的，相處幾日也看不出來，不過沒因為裴大人的緣故擺架子。

王氏和李昱霖說的時候，李昱霖說道：「裴夫人不是一般女子，當日在西北，過年頭一天晚上，裴夫人從盛京趕到豫州。她一個女子，有這份毅力，本就常人難及，豫州可比盛京冷得多，她待了快兩個月。」

王氏道：「若是我去我也行，夫君何必誇別人？」

李昱霖想說：妳連封信都沒寫給我，還說妳去妳也行……年紀不小了，想得卻天真，她知道西北多冷嗎？

話不投機半句都嫌多，李昱霖囑咐王氏好好和顧筠相處。

王氏點點頭。「知道了，我還能不好好相處嗎？真是！」

到了莞城，還得往南走，漳渝縣就在玉屏州，還沒到春種的時候，但沿路已經有百姓翻地了。

用鎬頭和犁把結凍又因為下雨弄得濕黏的土壤翻開，這樣才好春種。

有良田，自然也有水田，早春的水還是涼的，這會兒還不能下水，沿路都是這些風景，偶爾能看見田埂上開著小黃花，看了也覺得高興。

裴殊一直在小桌子上寫寫畫畫，種水稻要育苗、插秧，和種麥子不一樣，要是能有種水稻的機器，就不用人下水田去插秧了。

這個機器好做，裴殊腦子裡已經有大概的雛形了。

還是手搖把手，一共搖三下，第一下攥緊秧苗，第二下把秧苗插進地裡，第三下鬆開，然後重複如此運作，差不多是這麼個意思。

顧筠不懂這些，只能學著讓自己懂，她也知道水稻和麥子不同，比如種子相隔多遠最適合水稻生長，根要插多深，是直著插還是斜著插，舉一反三也就明白了。

這些數據都在裴殊的腦子裡，畝產變多不僅與種子有關，更與怎麼種有關，同樣的種子，裴殊種的比別人種的肯定長得好。

皇家小麥一號搭配士農司的農具使用效果最好，當然那些農具也得花錢買，賺的利潤自然屬於士農司。

花了一日總算到達漳渝縣，到時已經過了中午，縣令帶著他們去張家的宅院，張員外家裡有錢，家產充公，田產和宅院給了士農司。

宅子也闊氣，占地有兩畝，三家一人選了一處。

水田在縣城外頭，六百多畝地，現在都是士農司的。

縣令帶著裴殊看完這些，把房契、地契留下就告辭了。盛京來的人，他一個小官，好好照顧就行了，其他的事，想都不要想。

裴殊忙著去買稻種，收拾的事只能交給顧筠。

顧筠道：「夫君放心去忙吧，這裡有我呢，若是回來晚，我給你留飯。」

裴殊抱了顧筠一下。「不想收拾的話明日再說，舟車勞頓妳也累了。」

說完，帶著虎子出門了。

顧筠卻是受不了雜亂，院子有幾個月沒清掃過，全是灰塵。小院子是兩進兩出，屋子不少，還有小廚房。

裴殊有要事忙，顧筠就得照顧好家裡，她給清韻十兩銀子。「買些米、麵、肉、廚具、碗筷，咱們買得多，讓他們送過來，給些錢也使得。」

清韻道：「奴婢這就去。」

顧筠道：「春玉和綠勺，先燒點水，然後把裡裡外外打掃乾淨。」

這天還冷著，就別碰涼水了。

花了一個多時辰，家裡總算像樣了，清韻也把東西買回來了。

買了各一袋米、麵，兩斤肉，一隻雞，一條三斤重的鮮魚，還有一筐雞蛋，市面上菜沒多少，就買了幾個蘿蔔還有大白菜。

油鹽醬醋，一小包香料，半斤乾辣椒，剩下的就是鍋碗瓢盆，總而言之，啥都缺，啥都得買。

清韻怕院子裡沒柴火，還買了兩大捆柴、三個炭爐子、十幾斤好炭，以免晚上冷，受凍受寒。

這邊分頭行動，趕在天黑前終於收拾妥當，大鍋也清理乾淨，泡米、洗菜，燜上米飯，剁上魚和肉，等半個時辰就能開飯了。

而王氏和韓氏，一來就讓侍女打掃屋子，她們一人帶了兩個丫鬟，打掃完天都黑了，更忘了要買菜、買東西這回事，只能吃點乾糧，煮些熱水喝，等吃完飯再去置辦這些東西。

兩位夫人關起門過自己的日子，她們也不好打擾顧筠，更怕給自己夫君惹事。

不過王氏和韓氏這番患難與共，倒是多了不少情誼。

且說裴殊一整天忙著雇人、買種，請人做農具，要跑好幾個地方。

士農司沒錢，就得省著花，不然就得自己搭腰包，裴殊也要面子的，他可不想讓李昱霖、周長生知道他沒多少零花錢，在家裡再怎麼寵媳婦，那是他的事，讓別人知道了就不好了。

幾人天黑之後才回去，裴殊肚子餓得直叫。

到家之後，虎子花時間把種子、木料放好，趕進屋，飯菜都上桌了。

顧筠她們等著裴殊二人回來吃飯，好歹也是來漳渝縣的第一頓飯，一家人得在一塊兒吃。

也不是什麼特別豐盛的菜，燉了一盆五花肉、糖醋魚、炒雞蛋和醋溜白菜，一共四道菜，不過量都很大。

吃了一路的乾糧，餃子、灌湯包也吃膩了，一頓熱呼呼的飯就能解了一路的勞苦。

半碗飯，往飯裡拌一塊五花肉，再挾兩筷子白菜和炒雞蛋，一起吃才叫香呢！

裴殊大口大口地吃，小會兒就吃完一碗飯，他盛了第二碗，胃裡空蕩蕩的感覺才沒有了，他這回吃得慢了點。

「種子買好了，就是普通的稻種，離清明還有點時間，育苗也趕得上。農具已請人做，吳縣令找的人，也不貴。」裴殊替顧筠挾了一塊魚肉。「當心刺……還有我也買了木料，得做木筐，趕清明前把苗育出來。明兒我去和老鄉取經，沒種過水稻，還不知道怎麼回事呢！」

虎子大口扒飯。「周大人和李大人走不動了，還沒咱們公子厲害！」

裴殊小聲道：「我也累，就是忍著，總不能在他們面前露怯，我知道回來了肯定有飯吃，就不著急了。」

不論早晚，顧筠都會等他回來，早和晚又有什麼分別呢？

裴殊晚上吃了三碗飯，到底是年輕，吃過飯就忍不住想要毛手毛腳，用顧筠的話就是手腳不乾淨。

裴殊可是忍了一路，算一算他才開葷沒幾天啊，他又年輕，腦子裡肯定全是這檔事，磨著顧筠答應了，半宿沒消停，次日一早又精神抖擻地出門了。

這邊裴殊出門，顧筠躺了一會兒也就起床了。她問過裴殊，要在這邊住一、兩年，她想縮減開支，就從鄉下村婦手裡買了二十隻小雞、十隻下蛋的母雞，總共花了一兩銀子。

王氏和韓氏看見了，卻不想跟著做，家裡又不缺錢，何必這樣幾文錢都算清楚？兩人一合計，以後吃飯一起搭伙吃，又去人牙子那兒買了一個會做飯的丫鬟，這樣吃飯就不用發愁了，還多個人伺候，正好。

至於顧筠那般做，估計是因為家裡條件窘迫，聽說裴殊他們從英國公府出來什麼都沒拿，估計日子不太好過。

她們有錢，自然可以讓日子過得舒坦一點。

讓人伺候不好嗎？何必自己做，還養雞，也不嫌髒？

顧筠她再厲害，過的也就是這種日子，王氏和韓氏不羨慕半分。

她們買下人，顧筠也知道住在一間宅院，牆還沒人高，做什麼都瞞不過別人。

別人怎麼過日子是別人的事，以前顧筠也那樣想，可和裴殊相處久了，又覺得親力親為好一點。一想到家裡的擺設是自己挑的，拖鞋是自己縫的，被子是自己鋪的，夫妻二人經營自己的小家，點點滴滴都有對方的影子。

「咱們過咱們的日子，不管別人。」顧筠囑咐清韻三人謹言慎行，切莫多話。「雞先養在院子裡，其他的地方若是有空，打掃收拾一番，這裡離田地挺近的，若是別處沒地方住，雇的工人只能住這兒。」

顧筠讓春玉問附近有沒有村人會做木工，還有會做飯的大娘，這樣能省點錢。開春的話要種菜，用箱子種最好，這些她們就會。

為人如何。」

顧筠道：「再買點菜種，木箱子找人做。去四周打聽這邊百姓過得怎麼樣，還有吳縣令

清韻打聽到漳渝縣下頭有二十幾個村子，百姓日子過得還不錯，雖然比不上盛京日子好，但不愁吃穿，從前有個老員外欺壓百姓，老員外一沒，百姓日子更自在了。

吳縣令任職兩年，五年期滿，百姓對吳縣令說的都是好話，沒啥大功勞，也沒有過錯，等任期一滿，應該就調回盛京了。

「吳縣令寒門出身，是二十七年間的進士，夫人是他在老家娶的媳婦。」清韻還打聽到吳家有兩個丫鬟，一個婆子，吳縣令的親娘還在老家。「這邊百姓日子還不錯，有種地為生的，有捕魚為生的，還有靠手藝吃飯的，奴婢還看見有獵戶賣野味哩！」

吳縣令正好做了兩年官，至於為何看著年紀大，約莫是因為讀書讀了許多年。

吳夫人以後肯定會見著面，顧筠不想上門打擾讓她為難，就還是按照以前想的，請了下頭村裡的木工，做了二十多個木箱子，又從村裡買了菜種，先育苗，等春種一塊兒種下去。

清韻說附近村子種水稻、小麥，也種花生、玉米，小米很少，有的人家種棉花，還有人種甘蔗。

南方甘蔗北方甜菜，是比較常見的糖料作物，清韻說：「夫人，奴婢打聽，鄰縣有糖商。」

一斤糖賣五十文錢，種甘蔗比種糧食賺錢，畝產還多，一畝地能有上萬斤，江南有不少甘蔗田。

顧筠想了想賺錢的法子，裴殊把糧食賣給朝廷，根本賺不多錢，顧筠能想到的法子就那麼幾個，一是把江南的東西運到盛京去賣，比如綢緞、瓷器之類，但是裴家沒做過這個，運輸是個問題。

要不就做吃食生意，麻醬餃子和灌湯包是現成的，這個不難。

她還有一個主意，和在西北做的香菇醬差不多，就是做一些下飯、方便吃的東西，一部分賣給朝廷，給將士們吃，另一部分高價賣給別人，以味道取勝，這樣既能賺錢，還能讓將士們吃好一點。比如冬日可以做灌湯包和餃子，直接冷凍，餃子十五個一份，湯包十個一份，可以拿回家自己煮，想什麼時候吃就什麼時候吃。

還有炒菜、燉菜用的香料、草藥，也可以磨成粉，用小袋裝著，回家燉肉放上一包，味道就和她們做出來的一樣。磨成粉還不用擔心方子洩漏出去，這個一年四季都能賣。

除此之外還可以賣濃湯，裴殊做菜就喜歡用高湯，她也是，用濃湯煮菜相當好吃。

顧筠想到的就這麼多，把種子和箱子處理好之後，她就帶著春玉、清韻出門了。先是去了醫館，買了些草藥，又去街上雜貨鋪子，買了海城送來的乾貨，有蝦、紫菜、干貝還有鮑魚。

買了不少東西，半天工夫就花了二十兩銀子，各種香料、乾貨用藥杵搗成細粉，然後就可以調比例，熬湯了。

顧筠回去天色已晚，王氏讓丫鬟送來帖子。「裴夫人，我家夫人說城南山上開了不少杏花，邀您和周夫人一起去賞花呢！」

顧筠當場回絕了。「這幾天忙了些，我便不去了，讓妳家夫人和周夫人好好玩。」

丫鬟悄悄退下了。

得知消息，王氏也沒太意外，她早就料到顧筠不去，送帖子不過是走個過場。

她們一同從盛京過來，她和韓氏買了丫鬟，成日喝茶解悶。顧筠每日早出晚歸，也不知道在忙活什麼，看著是獨來獨往慣了。

王氏有些看不順眼，就好像只有顧筠她是個識大體、體恤夫君的人，自己和韓氏到這兒來就是添亂的。

一個女人，瞎忙活什麼？白白浪費時間！

韓氏不禁唏噓。「唉，這回看得出她是好強的性子，她呀，巴不得咱們不去打擾呢，明兒咱倆去賞花。」

「對了，縣令夫人也不去？」韓氏問道。

王氏道：「興許有事吧，聽說是鄉下女人，沒見過什麼世面，估計都不知道賞花是怎麼回事，她們眼裡只有一日三餐，哪會裝別的東西。」

顧筠試了兩天湯料，提鮮靠干貝粉和紫菜末，香味靠桂皮、八角各種香料，這回調的是普通的燉肉方子，嚐著味道差不多了，再弄成小包裝和香料一起燉，有的香料煮出來味道好，燉肉反而不行。

三樣燉菜，有黃豆燉豬蹄、清燉排骨還有燉雞，每樣菜兩小份，顧筠問哪個嚐起來更好。

裴殊道：「妳做的都挺好吃的，我覺得哪個都好，這個豬蹄筋都是爛的，軟趴趴的，雞就是一個鮮字，排骨是香……」

顧筠不抱期待了，她招呼春玉她們。「吃飯吧、吃飯吧！多吃點，問你什麼都問不出來，這是我調的香料包，每包分量都不一樣，我和春玉她們三個嚐了兩天才選出最好吃的兩個，你再好好嚐一嚐，哪個味道最好。」

顧筠做的普通清燉香料包，只要把肉洗乾淨，焯水就行，料包裡還有蔥薑蒜切成的細絲，不過已經曬乾了。

裴殊一碗挾了一口，他還真吃不出來，味道就是差不多。「阿筠，妳想做成香料包去賣？」

顧筠道：「我想先送一些去軍營，這湯煮菜吃也行，要是想帶著肉味，可以用肉湯泡過再曬乾磨粉，用著方便，味道也還行，賣的話先試試水溫。」

一小包五文錢，別看價錢便宜，但其實裡面很有賺頭。

因為香料賣得貴，別的東西像米、麵、肉、菜都是按斤賣，只有香料是按兩賣。一兩好幾十文錢，一般家庭不備這個，一年到頭吃不了幾回肉，有肉也是燉在菜裡，好不容易吃一回，味道卻一般。

如今分成小包裝，普通百姓也能買得起。裡面有香料，還有一些海貨磨成的乾粉，用來提鮮，這樣就降低了成本。

要是不好賣，也可以做出來去街上擺攤，像這個香料燉雞特別好吃，燉出來就是那種顏色奶白、上頭漂著一層淡黃色油光的雞湯，撒一把小蔥花，味道特別香。

裴殊多喝了兩碗。「那我先跟妳買一些，過幾天就春種了，我打算雇五十個長工，以後就在士農司幫忙，每天六個銅板，包兩頓飯，還包住，就住在前院，不會妨礙到咱們。早上就煮這個香料包，晚上加一道葷菜。」

一天兩頓飯，普通老百姓家裡也是這麼個吃法，早上一頓，傍晚一頓。

裴殊打算就從鄉下找廚子，找兩個就差不多了，一天六個銅板，也是包兩頓飯包住。

「那正好，我是想著先讓你試試，要是味道好，我這兒還好賣。那我再想想有沒有別的味道的香料包，要是賣給軍營，就兩文錢一包，不會占軍營的便宜。」顧筠笑了笑，替裴殊挾了塊排骨，排骨味道也不差。

時間一趕，裴殊這邊也忙，還沒到清明，就下了場雨，春雨貴如油，漳渝縣從縣城到村莊都開始種地了。

種地幹活的人，就算家裡窮，也會割點肉殺隻雞，以免幹活勞累，虧空了身子。

顧筠就帶著春玉在街邊支了個小攤子，攤子旁邊掛了面小旗，寫著「雞湯麵五文錢一碗」。

大鍋燉了兩隻雞，雞肉都切成碎塊，漂著黃油的雞湯香味飄到老遠，有進縣城買東西的人停在攤位前頭走不動路。

這味兒可真香，令人骨頭都軟了，要是家裡的兒子、孫子能吃上一口就好了。

老婆子做飯一輩子就知道燉、煮，好好的肉做出來也不香。

老婆子上去問了句。「姑娘，這麵怎麼賣？」

縣城的素麵兩文一碗，加肉燥的三文錢。

「雞湯麵兩文錢一碗，加肉的四文錢，要是買我們家的香料包，只要五文錢。」春玉按照顧筠教的話一字一句說道：「一小包香料，就能燉這麼一鍋肉，別的不說，味道肯定不差，您聞著就知道了。」

雜貨鋪的香料好幾十文錢一兩，燉肉又不只買一樣，花椒、八角、桂皮……每樣買一點，就要不少錢，五文錢一小包，正好夠一回吃。

老婆子道：「姑娘，燉出來真是這個味道？可別妳這兒賣是這個味道，我回去燉了根本沒這麼香。」

春玉道：「只需要把雞焯水就成，有黃酒的話放一小杯，然後把香料包扔進去一起燉，一個時辰就成。這會兒春種，大娘買一包回去吧，讓家裡人吃一頓好飯。」

老婆子掏了五文錢。「若不是這個味道，我可回來找妳啊！」

春玉笑道：「我明兒還在這兒賣，不會跑的。」

顧筠就在後頭的馬車上，看春玉能應付得來，便留下清韻幫忙，自己帶著綠勺回去了，賣麵是其次，賣香料包才是首要。

一上午，春玉和清韻把麵賣光就回去了，一共賣了二十五份麵條，雞肉還剩不少，一共賺了八十文錢，但香料包賣了五十多包，賺了二百六十文錢。

看起來是不多，但想想這個香料包本錢也就二、三文，裡面還有極其便宜的蔥末、蒜末，顧筠賣的就是薄利多銷。

且說買了香料包的老婆子，趕緊回去燉雞。家裡的兩隻老母雞，已經不下蛋了，春種這幾天一天燉一隻。

殺雞，拔毛，剁成小塊，焯水之後放上香料包一塊兒燉，大鍋燉肉，鍋邊上都用布給圍起來，兩刻鐘後，香味還不斷地往外飄呢！

要是不買香料包，老婆子肯定用油把雞塊炒一炒，大火給燜熟就行，裡頭再放不少菜，因為家裡人多，肉不夠吃。

到了中午，老頭子帶著小輩從田裡回來，小兒子進門說的第一句是：「娘，這香味是從咱們家飄出來的啊？」

「香吧？燉了隻雞，一會兒就開飯。」老婆子的兒子、媳婦都下田了，她留在家裡做飯、餵雞，這回還烙了餅，一人一張。

自家老娘的廚藝，當兒子的還是很清楚。「娘，這妳做的啊？」

老婆子朝著兒子的後腦勺敲了一下。「不是妳娘做的，還能是誰做的？快洗手吃飯！」由她來分肉，兩隻雞腿給老頭子和大孫子，剩下的肉，每人或多或少都有兩塊，還有一碗雞湯喝。她加的水多，雞湯也多，雖然不是很濃稠，但就是在街上聞著的那個味道。

剩下的雞湯晚上燉菜，明兒再燉一隻。

「這是看你們幹活辛苦，才燉了雞，香料包是在街上買的，一包就燉這麼一隻雞，要是讓我發現有偷懶的，饒不了你們！」

「娘，我就說，妳哪有這手藝，明兒還燉雞啊，那明兒還買香料包嗎？」

五文錢一回不算啥，那兩、三回呢？那也是錢啊！

老婆子一頓，對啊，要是不買香料包，那明兒就燉不成雞，買的話又是五文錢。

「唉，我試試今天的還能不能用，明兒還用那個燉，不就成了？」

只不過，一包的量就是一包的量，湯都燉出來了，再用香料包，味道都不如第一回，寡淡得很，就稍微比以前燉的雞好吃一點。

沒辦法，老婆子只能去街上買香料包了。

這做生意的就是奸，說做一頓就做一頓，一點都不多。

老婆子又去縣城，臉上可不好看，好吃是好吃，但得花錢，又不是白得的。

只不過，這次去，攤子外圍了不少人。

春玉沒想到第三天生意突然好起來，昨兒賣的並不多，就賣了六十包，今兒來了一個時辰，賣了六十包。

看著今兒還能賣不少，春玉讓綠勺回去再拿一些過來。

綠勺回了宅院。「夫人，今兒生意好，賣了不少呢，奴婢再回來拿一些。」

顧筠道：「我估計是因為頭一回買，就算覺得好吃也想著明兒再用這個香料包燉，結果用了一次的香料包不能再用，所以今兒才來買。妳再帶一百包過去，不夠再回來拿。」

若是能全部賣出去，顧筠想去雜貨鋪問，能不能代賣，賣給雜貨鋪四文錢，賣出去一包他能賺一文錢的利，薄利多銷，一天要是賣兩、三百包，那就有兩、三百文錢，能賺錢的生意，他們不會不做。

吃過午飯，顧筠帶著清韻出門，縣城城南有兩間雜貨鋪子，顧筠去了前幾日的那家。

「夥計，我想見見你們掌櫃。」

夥計見過這位夫人，她穿得好，氣度也好，自然不敢小瞧她。「夫人您且等等，小的這就請掌櫃過來。」

掌櫃沒一會兒就過來了。「聽夥計說夫人想見我，不知所為何事？」

顧筠道：「我想在這兒寄賣一些東西，不知可否？」

雜貨鋪賣的東西多，天南地北都有，也有放這兒寄賣的，就是把東西低價買過來，然後放雜貨鋪賣，價錢是小東家訂的。

掌櫃道：「我能看看是什麼東西嗎？」

顧筠把香料包拿出來。「這是燉雞的香料包，一包夠燉一、兩隻雞，但是用過一次以後這味道就沒了，只能再買。一包五文錢，比香料價錢便宜，就是給那些買不起香料、手藝又不好的人用。」

掌櫃問：「那賣價幾何？」

顧筠說：「賣價是四文錢，掌櫃可以拿一文錢的利潤，這東西不占地方，起初可以少拿一些，若是生意好，可以再過來拿貨。」

掌櫃問：「夫人家住何處？」

顧筠笑道：「就是原來張家的宅院。」

張員外一家被帶走之後，宅院就空了，空了起碼四、五個月，也不知道這人是什麼來路，掌櫃的不想與人結仇交惡，寄賣就寄賣吧！

「那就先拿二百五十包，不過夫人在我這兒賣，就不能在別處賣。」哪兒都能買的話，掌櫃還有什麼賺頭。

顧筠道：「那是自然。」

以後春玉她們就不用出門擺攤了。

顧筠和掌櫃簽了文書，在縣城只能在趙家雜貨鋪賣，不過在玉屏州和莞城就不算了。要想在玉屏州賣，還得顧筠親自去跑一趟。

這事兒先暫放一旁，倒是不急。

春種才過兩天，裴殊雇的長工很賣命，每天都有錢拿，還包兩頓飯，上午一頓是一顆饅頭，一小碗炒白菜，下午一頓有肉，有時候吃饅頭、吃米飯。

那個肉可好吃了，比家裡吃的好多了。

春種跟以前種地不太一樣，而是用農具，把農具抬下水田，一人扶一邊，然後搖兩邊的把手，就是得注意農具裡的秧苗還夠不夠，擺的時候也得注意，不然一個坑裡可能插三、四根。

這農具做得極其巧妙，不知怎麼做的，插起稻苗來比人下田插秧快得多，一回能插五壟，這邊總共六百多畝地，五十個人，三、四天就能種完。

他們開始還怕這樣插苗不行，扶不起來，結果秧苗結結實實地在田裡，每棵秧苗傾斜的角度、插的深度一模一樣，比人插得還好呢。

有這樣的東西，省時省力，種完地，還不知道要幹啥呢！

做長工的人，攤上這麼好的東家，也是運氣好。

士農司的地種得比別處快，地種好之後又按照裴殊的吩咐挖水渠，每塊地裡的水渠高低不同，一來方便灌溉，二來若雨水多，可以疏通，以免把稻苗的根泡爛了。

裴殊考慮得多，這邊南面蟲多，等稻苗長大了，事情更多。這邊除草劑難調配，裴殊不知道能不能配出來，只能盡力一試。

周長生和李昱霖這幾日也不清閒，他們每天兩頓飯，是在城外莊子吃的。家裡的飯吃著不對味，而且有時候回去，還不輕快。

李昱霖道：「我那夫人，前兒去了明湖，昨兒去了坪山，一會兒都閒不住。」

周長生扯了扯嘴角。「我夫人也很會享受，還在這兒買了個廚子做飯，我真是後悔帶她過來。」

買廚子做飯也就罷了，周長生不喜歡聽韓氏說話。

李昱霖嘆了口氣，王氏自己不知道上進，還說裴夫人的壞話，他做夫君的，本來順著她，可是又壓不下心裡不耐。他帶王氏過來不是來遊山玩水的，他每日在忙活勞碌，她卻過得愜意。

兩人也算明白，不是所有人都像裴夫人那般。

兩人不願回去，王氏和韓氏自然能察覺出來。

王氏想不明白，就開始疑神疑鬼，天天打聽士農司每天到底做什麼。「你這早出晚歸的，一天兩頓飯不在家裡用，成天忙活什麼呢？」

李昱霖道：「公事，妳別打聽這些。」

王氏道：「我怎麼就不能打聽了，還是你不願和我說？我看裴夫人也會幫忙，她能知道士農司的事，我就不能知道嗎？還是你根本懶得和我說！」

李昱霖皺著眉，他實在頭疼，伸手按了按眉心。「妳胡言亂語什麼呢……」

王氏急了。「我胡言亂語？你說我胡言亂語，我跟你來到這個破地方，一路舟車勞頓、吃苦受累，你卻說我胡言亂語！來這兒這麼多天，你成日不在家，管過我嗎？」

李昱霖目瞪口呆，他臨行前問王氏願不願同往，這是她親口答應的。到這兒之後不說幫他什麼忙，每日去遊山玩水不說，還問他公事，她要有心，自會每日溫聲體恤，而不是跟裴夫人比較。

「臨行前我問妳願不願來，妳說願意，我來是為了公事，而非私事。妳既然說到裴夫人，那我就和妳說明白，裴夫人早早就讓丫鬟把前院屋子打掃好，給長工住，長工每日伙食，也是裴夫人擬的！妳呢？妳做了什麼？每日不是去遊山就是去玩水，妳還好意思說跟著我來這個破地方。王氏，妳若不願來江南，那就回去。」李昱霖瞥了一眼王氏慘白的臉色，轉身出了門。

院子不小，除了這個屋子，還有別的屋子可以住人。

他就多事，帶王氏過來，婦人只知道衣裳首飾、吃茶聽曲，既吃不得苦又受不得累，還是早早回去好，可別給他添亂。

王氏哭了一晚上，第二天忙去找韓氏。

「妳說顧筠她喜歡出風頭，幹麼牽累我，來這兒我容易嗎？怎麼就她是好的，我還是他夫人呢，一句好話就聽不得……」

韓氏捂著胸口，低聲安慰了幾句，心裡不由得後怕，她跟王氏在一起，每日除了吃就是玩，她都快忘了來這兒是為了照顧夫君起居的。

裴夫人每日雖然出去，可的確是為了裴大人，她們兩個請了廚子，來這兒倒像是賞風看景的。

韓氏道：「唉，咱們的確不該那般胡鬧了，就算不如裴夫人，也不該差得太遠。」

王氏淚水漣漣。「我怎麼就不如了，非得那樣才是好的嗎？我沒學過那些，怎麼都是學不來的，她倒好，不知使了什麼手段，連李昱霖都向著她說話！」

韓氏捂住她的嘴。「妳瘋了，敢這般胡言亂語！胡說什麼呢！」

韓氏也不敢再勸了，王氏這是瘋了，她可不能跟著瘋。

「李夫人，那個丫鬟以後就給妳用吧，我夫君說吃不慣她做的菜，還有我今兒腰疼，明兒就不跟妳出去了。」

王氏又不是傻子，不會聽不出這話的意思，她人都傻了，等韓氏和顧筠走得近了，那她豈不是孤立無援了？

韓氏想想還是勸了兩句，畢竟兩人也有幾日「情分」，她道：「裴夫人做什麼，也沒影響到咱們，妳跟她較勁什麼？跟她作對妳有什麼好處？別到時候鬧大了，她說幾句話，妳就回盛京了。」

王氏和李昱霖一同來的，自己灰溜溜回去算怎麼回事，她抹了把眼淚，輕輕點了下頭。鬧大了沒好處，還會影響李昱霖的仕途。王氏自顧自傷心難過，她只是覺得顧筠愛出風頭，就拿打掃前院的事來說，若是告訴她，她肯定會幫忙的，結果顧筠她們把事都做完了，她都不知道。

出門在外不就應該相互幫襯嗎？顧筠庶女出身，有什麼好拿喬的。

不過，她不敢再鬧了，韓氏說得對，惹了顧筠對她沒好處。

韓氏不跟她出去逛，王氏一個人也沒意思，倒是安分好幾天，每日在家擬菜單，那廚娘廚藝不錯，李昱霖漸漸回來吃飯了。

韓氏在閨中也學過做菜煲湯，自己在家做飯也有些樂趣，有時周長生還會幫忙。

春種忙過了，士農司沒那麼多活，回家也會早一些。

韓氏總是把他推出去。「夫君，廚房油煙大，這裡有妾身呢。」

周長生道：「沒事，油煙大，妳不是也在這兒嗎？夫人，妳知道嗎，裴大人有時會煮飯給他夫人吃。」

韓氏詫異地瞪大眼睛，除了廚子，尋常男子還有做飯的嗎？再說裴殊也不是尋常男子，他出身好，現在又是朝廷命官，竟然還會煮飯？

周長生以一種分享藏在心底許久的秘密，道：「不僅如此，裴大人做的菜還挺好吃的，他對裴夫人也好。」

周長生自然是希望韓氏能像顧筠一樣，夫妻之間相濡以沫、同甘共苦，可是推己及人，想要那樣的夫人，自然也得像裴大人一般。

「裴大人都沒有妾室。」周長生卻是有兩個通房的，他道：「以後給張姨娘、鄭姨娘她們多點月銀，其他地方別虧待了，我不打算再去她們那兒了，以後也不會納妾。」

反正裴殊不納，他就不納。

他們共事，私下的時候也會說幾句玩笑話，比如吃個酒、出去玩耍，但裴殊不去，明明他以前喝酒賭錢的，現在比他們任何一個都正人君子。

大約習慣了風花雪月、逢場作戲，看裴殊這般，才更覺得難得。

裴殊可以，他為什麼不行？

韓氏怔怔地看著周長生，眼裡含著淚光，她側過身擦了擦眼角。

周長生有些無措。「這是怎麼了……」

韓氏低著頭，也不知是該哭還是該笑。

哪個女子希望自己丈夫納妾？誰願意和別的女人分享自己的夫君？可一直以來就是如此，為人妻者，要大方和順，對待庶出子女也要一視同仁，為夫君開枝散葉，綿延子嗣，就算心裡再怎麼厭惡，面上工夫也得做足了。

韓氏從沒想過會有這麼一天，就算這是謊話，是周長生隨口騙她的，她也願意相信。

「妾身是高興，高興得不知怎麼才好……」韓氏靠在周長生懷裡。「以前妾身總是介意，又覺得自己沒孩子，愧對周家，明知道該大度，可是又忍不住生氣，以前夫君去別人房裡，妾身都是成宿睡不著。」

周長生拍了拍韓氏的肩膀。「委屈妳了，我以後慢慢學著做個好丈夫。」學自然是從裴銖那兒學，刨除裴銖以前的「劣跡」不看，他的確有很多優點，做事認真不拖拉、有擔當，而且很疼愛夫人。

周長生甚至不想用寵愛這個詞，就是疼愛。

對他來說要對韓氏好，還得刻意些，有時會忽略掉，但對裴銖而言，記著顧筠的喜好，就像喝水吃飯一樣平常。

這些話說開了，周長生心裡敞亮多了。「行了，快煮飯吧，我學著做一些也有好處，以免出門在外什麼都不會。妳是不知道，在西北的幾個月，裴大人每日自己做飯，我和李昱霖就跟著大鍋飯吃。」

韓氏不由得笑了。「辛苦夫君了。」

她想，這回是承了顧筠的情，以後離李夫人遠一點，多和顧筠說說話吧！

而裴銖，自然不知道他還能有這樣的作用。

周、李二人邀過他去喝花酒，但裴銖沒去，一來他沒錢，穿越過來的確對那種地方有一絲絲好奇；二來如果顧筠知道他去喝花酒，估計以後都不會理他。為了點好奇之心，裴銖可不想把自己搭進去，他也捨不得讓顧筠難過。

第二十五章

三月初六，士農司的地就耕種完畢了，五百多畝水田種了稻子，剩下的地種了甘蔗和棉花。

秧苗插進田裡，得等幾天才能扎根，太陽一曬，都把腰彎下去了，直到又下了場小雨，稻苗才穩穩當當扎根在地裡。

水田裡放了魚苗，這邊還有捉黃鱔、田螺、泥鰍的人家，不種地的話就靠這些補貼家用。

裴殊沒幹這事，而是買了點蟹苗，放稻田裡。這邊沒有人這麼做，這是裴殊在後世學過的蟹稻共生生態系統。

水稻可以為河蟹遮光，等稻苗長高還能給河蟹提供天然的庇蔭處，能讓河蟹躲避敵害，而河蟹能疏通水稻的根系土壤，防治病蟲，還能給水稻施肥。到時候秋收，這些螃蟹也能賣錢。

如果這個辦法可行，裴殊打算讓漳渝縣的百姓也這麼種地。

吳縣令自然沒意見，如果百姓過得好，他的政績上也能添一筆。

裴殊幾人雖然年輕，卻是能做事的，吳縣令在很多事上都會給他們行方便。

裴殊把士農司的冊子也給了吳縣令一份。「這些書冊比較詳細，水稻的也有，不過還沒寫完。」

冊子上寫的都是關於無土種植和種麥子、花生等糧食作物的法子，內容寫得很清楚，倘若漳渝縣以後要種這些，就按照這個法子來。

「還有農具，如果漳渝縣的人要用農具，可以跟朝廷買，價錢也不貴，當然也可以跟官府買，然後再租給下頭百姓。」

官府有耕牛，也是租給百姓用，吳縣令會考慮買農具的。

接下來的日子，就是每天下田記錄稻苗、蟹苗的生長狀況，防治蟲害。

顧筠則是抓緊時間製作香料包，給雜貨鋪二百五十包，兩天就賣光了，掌櫃又拿了五百件的貨，過了一天，直接向顧筠這兒訂了兩千包。

這玩意兒賣給雜貨鋪才四文錢一包，一個月差不多賣八千多包，也才賺幾兩銀子。

但細想莞城下面十多個州，每個州又有十幾個縣，要是都能談成生意，那賺的銀子可多呢！

再賣到別處去，每月就是大筆大筆的銀子。

顧筠粗略一算，若是多跑幾個城，每月估計有上萬兩銀子。

裴殊在忙碌，顧筠也不清閒，她去了附近幾個縣城，把生意談下來，其他地方還是得慢慢來。

而盛京，清明那天才下雨，下雨之後春種，六天才種好，如今不少人家裡種的都是皇家小麥一號。

朝廷發的糧種比許多糧店、種子鋪賣的都要好。朝廷有主管農業的戶部，但士農司完全是獨立於戶部的存在，士農司賣的農具、種子也能賺錢，而安慶帝並沒有管過士農司的錢。

安慶帝放心裴殊，知道他不是個貪財的人，他有骨氣，肯為百姓著想，這些加起來，就顯得分外難得。

士農司一個春季，賺了一千多兩種子錢，加上三千多兩的農具錢。這些錢別人可能看不上，倒是趙顯承和路遠已是格外滿足了。

在士農司有錢拿，看著士農司賺錢，比他們自己賺錢還高興，三月中旬，就修書一封，向裴殊報喜。

裴殊不在，日子還是按部就班，每日記錄糧食的生長狀況。其他人種地，哪會這麼做，大多撒了種子，除草施肥，就等秋收了。

用裴殊的話來說這就叫科學，摸清規律，日後有跡可循，種地按照科學的法子來，他們都是科學家。

二人聽了，心口一陣火熱。
不過，還有一個難關，那就是秋收，倘若秋收糧產高了，那就是喜上添喜；倘若沒有，那就證明士農司去年忙碌白搭了。
你自己的地上畝產多少，別人聽了就是個數，如果百姓種這些糧種，畝產沒提升上去，那這個糧種就沒用，甚至認為皇家小麥一號、二號，還沒有自家的糧種實在。
趙顯承、路遠除了在士農司，平日就是帶著人去莊子地裡手把手教人用農具、種地，可謂不辭辛勞，還親自示範怎麼給地裡挖排水的溝渠、裝水車。
「除草捉蟲一定要勤快，不能懶，糧種不是萬能的，還得咱們自己勤快！」
趙顯承和路遠的資歷低，所以卯足勁往上趕，裴殊他們不在，儘量不出一點亂子。
安慶帝看在眼裡，想著等秋收了，也給他們兩個獎賞。
不過獎賞建立在收成好的前提下。
進了四月，天更暖和了，南方風景秀麗，多了不少遊山踏青的公子小姐。裴殊給自己放了兩天假，想帶顧筠出去轉轉，來江南莞城之後，還沒出去玩過，就在莊稼地裡忙活，出去看看風景、散散心，夫妻兩個多自在。
若是以往，顧筠肯定二話不說就去，但是這回她有些猶豫。「夫君，還是先等等吧，你休沐在家，歇一歇也好。」

裴殊依著顧筠，不過他瞧顧筠神色不太對。「怎麼了，是不是身體不舒服？」

顧筠貼著裴殊的耳朵說了兩句。「我這個月月事還沒來，推遲四天了。」

小日子還沒來，她月事一向準，興許是有孩子了。

不過她自己把脈，摸不出什麼來，這事說不準，顧筠是怕萬一有了，路上顛簸，自己後悔。

裴殊一時沒反應過來，什麼叫月事沒來。

顧筠沈得住氣，還端了盞茶水喝，她氣定神閒，其實心裡沒外在那麼平靜。

她是盼著有個孩子，從嫁給裴殊那天起就盼著，只是這個不能強求。她臘月的生辰，從圓房到現在也有數個月了，一直沒孩子，她也急，只是勸自己，說萬事不能強求，該來的時候會來的，如果沒有，那就是命裡沒這個福分。

顧筠沒去醫館，就是自己猜的，也許猜錯了。

「我也是自己想的，不一定就準，若是沒有的話，你別太失望。」

裴殊可算是反應過來了。「阿筠，妳是說妳月事推遲，是因為有孩子了嗎？」

顧筠糾正他。「是興許，咱們前兩天還那個過，我也不知道是不是，不過我小日子一直挺準的，這都四天了。」

裴殊抹了把臉，他想笑，又怕太激動嚇到顧筠，他扒著自己的臉。「嘿嘿，那我豈不是要當爹了？我還沒準備好。我這還挺厲害的……」

顧筠暗暗翻了個白眼，這還厲害？要是真的厲害，那圓房第一回就有孩子了。

裴殊自顧自傻笑半天，雖然他想和顧筠多過幾年兩人世界，但是生孩子順其自然，有了自然要生下來。

不過這個時代結婚生子早，有些人十五、六歲，孩子就滿地跑了。

裴殊不想顧筠那麼早生孩子，才往自己臉上抹黑水。有了孩子也挺好的，反正他成熟穩重，多照顧一些，讓顧筠輕鬆些。

高興過後，裴殊又擔心起來，這不是後世，有剖腹產手術，這個時代生孩子就是一隻腳踏進鬼門關，很危險。

裴殊在意顧筠，哪捨得她冒這麼大風險，頓時著急不已。

顧筠安慰他。「怎麼了呀？等再過些日子去醫館看看，讓大夫診個脈，沒有的話就等下回唄。」

裴殊道：「我聽說很多人生孩子都是九死一生，我擔心，還有點害怕。」

顧筠卻沒太在意。「從古至今都是這樣的，女人生孩子，有的還要生好幾天，凶險是凶險，可自己的孩子生下來，看著他長大，是血濃於水的骨肉，想想也值了。」

裴殊點點頭。「何時去醫館？我去問問大夫，有什麼要注意的地方，還有別的……嘿嘿嘿，以後我早點回來陪妳，有我呢，妳別擔心。」

裴殊沒吃過豬肉也見過豬走路，後世有超音波，還能定期產檢，現在什麼都沒有。

顧筠點了點頭，她見過李姨娘生弟弟，生了一晚上，這還算快的。生孩子是疼，她卻不怕。裴殊能把這事放在心上，她是高興的。

這事在裴殊心裡算是頭一等大事。「阿筠，是不是不能往外說啊？得三個月之後才行……要不要告訴春玉她們？還是說吧，諸事小心點，其他事等看過大夫再說，以後豈不是要蓋著被子純睡覺了？唉，這剛四個月。」

瞧瞧這不著調的話，哪有半點要當爹的沈穩？

顧筠有些得意，誰叫他不知輕重，她摸了摸小腹，心裡滋味複雜。

如果裴殊還是以前那般，這個孩子就是她自己的孩子，裴殊只是孩子的父親。現在不一樣了，這是兩人的骨肉，這是她和喜歡之人的孩子。

下午，裴殊不太放心，等顧筠睡午覺，他自己去了一趟醫館。

老大夫說懷孕的人吃食上要注意，少吃生冷寒性之物，不能劇烈運動。

裴殊問：「那是不是不能吃太多啊？不然孩子太大了不好生……」

老大夫打量著裴殊，看他穿得不錯，心裡明白幾分。這年頭，普通百姓家裡媳婦懷孕，只怕不夠吃，哪會擔心吃太多？再說，婦人生子，平常得很，哪會特地來醫館問？估計是家裡有錢，又看重這個孩子。

可裴殊哪是看重孩子，他是看重顧筠。「大夫？」

老大夫捋著鬍子。「少吃一些是有好處的，若擔心肚子太大不好生，平日就多走動。有經驗的穩婆會看胎位，城南有個張婆子，還有一手絕活，能正胎位。」

裴殊記在心裡，又把不能吃的東西記下來，也難為他那手狗爬字，歪歪扭扭的，現在也沒什麼長進。

裴殊看著小冊子，猶豫要不要挑個時間練字，這也太醜了，比不上顧筠寫的十分之一，要是以後孩子長大，他怎麼教導孩子。

裴殊想得特別長遠，一會兒想東一會兒想西。

老大夫道：「還有螃蟹、山楂，都是涼性之物。」

裴殊剛在稻田裡放了不少蟹苗，準備秋天蟹肥了好好吃一頓，結果老大夫說螃蟹不能吃。

那他也不吃好了，陪著顧筠。

老大夫說懷孕容易餓得快，可以少量多餐，飲食上清淡一點就好。

問完這些，裴殊又問能不能行房。

老大夫說：「前三個月胎位不穩，最好不要，後頭三個月容易壓到肚子，若是孕婦肚子大了點，腿容易腫。還有月分大了，肚子上會長紋，若是不喜歡，可以在老夫這兒買點藥膏，天天抹一點，就不會長了。公子放心，這個不會對胎兒不好。」

裴殊又買了兩罐藥膏，他抹了點在鼻子下面聞了聞，沒什麼藥味。

老大夫又推薦起自己的安胎藥。「公子可以帶著夫人來這兒，老夫這兒還有防傷寒，專治跌打損傷的藥……」

裴殊謝絕了。

出了醫館，裴殊又在街上買了點蜜餞，有酸的梅子，顧筠可以吃。

大約覺得自己要當爹了，裴殊想的就多，擔心顧筠，擔心孩子，難怪都說養兒一百歲，常憂九十九，他現在就開始憂愁了。

春玉她們記著顧筠的小日子，看推遲了四天，心裡就有猜測。

顧筠說：「這事還說不準，咱們自己在家裡知道就行了，李家和周家不必說。」

春玉點點頭，她們有分寸，以後要注意的事多，不過，這是來莞城之後第一件喜事。她們要有小主子了！

雖然還不知道是男是女，但是看裴殊平日裡，也不像是重男輕女的人，男孩、女孩都好的。

晚上休息時，顧筠像平日一樣躺著，她睡裡面，裴殊睡外面，但是裴殊今天躺在床邊，離她特別遠。

「夫君？」

裴殊立刻道：「怎麼了，要喝水，還是餓了？」

顧筠道：「夫君怎離我這麼遠？你睡覺又不會壓到我，離我這麼遠做什麼……」

裴殊睡覺還挺老實的，自然是不會壓到顧筠，可他睡前不老實，平日裡恨不得黏在顧筠身上，每天晚上也會摸來摸去。現在顧筠懷孕了，他肯定不能那樣，一來怕傷了孩子，二來怕把自己弄出火來，挨著顧筠他就有生理反應，這也是沒辦法的事。

裴殊不知道怎麼說，索性拉著顧筠的手往下面一摸。

顧筠不問了，此時無聲勝有聲。

其實顧筠也說不準有沒有，她沒什麼反應，和從前差不多，除了月事推遲，沒有任何預兆。

「夫君，那這回要是我弄錯了，怎麼辦呀？」

裴殊沒讓顧筠等太久，想了一會兒他就回答。「那正好啊，我也就忍幾天，也挺好的。」

不過，裴殊沒得逞，四月底，兩人去了醫館，老大夫道了聲恭喜。

裴殊又問了一遍那些問題，和自己小冊子上的紀錄，並沒有什麼出入。

顧筠月分還淺，也就一個多月，產期在來年，若是孩子長得好，今年年底就能出生。孩子要生在這邊，路途遙遠，肯定是不能回去了，幸好盛京沒什麼重要的事，他們本來也打算留在這邊兩年。

出了醫館，顧筠說：「給妹妹寫封信吧，侯府那邊就等過了三個月再說吧。」裴湘就要準備議親了，顧筠是有些擔心，她和裴殊在莞城，顧不到她。

半個月後信才送到國公府，裴湘看完一遍，又從頭看了一遍。

她這是要當姑姑了！

裴湘喜不自勝，拿了紙筆回信給顧筠，又去莊子找了不少舒服柔軟的料子。

至於顧筠懷孕的事，裴湘並不打算告訴英國公。由於裴靖只有個女兒，英國公一直盼著孫子，若是知道了，他肯定高興，可是呢，他不是個稱職的父親，也不會是個好祖父。

信裡提到，顧筠擔憂徐氏拿她的婚事作文章，其實徐氏還沒這個能耐。裴湘一直向顧筠學習，有些事還是得自己獨立起來，只要她夠好，親事就差不了，再說，她還有兄長，又不是孤身一人。

徐氏不是拿裴湘沒辦法，她是投鼠忌器，她不敢。現在英國公向著裴湘，家裡一半產業都給了裴湘，她若是為難裴湘，外頭人的唾沫就能把她淹了。

裴珍總是找她哭訴，徐氏一點辦法都沒有，英國公一顆心都偏到那邊去了，唯一值得慶幸的是，裴殊不稀罕這些，不然裴靖的世子之位能不能保住還是一回事。
現在裴殊、顧筠不在盛京，徐氏還自在些。以後守著英國公府，日子也就這樣了。
徐氏學乖了，不給裴湘找事，但裴珍總是跳出來，有事沒事諷刺裴湘幾句。
「裴湘妳也別得意，我告訴妳，妳的婚事還得我娘作主！妳自己掂量著！」
裴湘似笑非笑地看了她一眼。「妳試試看。」
裴珍就不敢再說別的了。
裴湘也是心情好，她得好好思考寄什麼東西給嫂子。
料子肯定不能少，還有吃的、藥材，只要用得上的都寄過去。
裴湘還不知道是男是女，她去首飾鋪子買金手鐲、銀手鐲，也是她這個做姑姑的一點心意。
過了兩天，裴湘才把東西寄出去，當晚英國公就問：「妳兄長沒有寫信嗎？」
裴湘道：「沒有。」
英國公一臉失望。
裴湘有些不忍，她心裡略有猶豫，不過還是問了句。「父親，您想兄長回來，到底是因為他做官了，還是因為兄長是你兒子？」
英國公想說，當然是因為裴殊是他兒子，可不是由衷而發的話，怎麼也說不出口。「這有什麼區別嗎？他怎樣都是我兒子，以前我也是希望他上進。」

裴湘道：「當然有區別，父親只知道兄長做了官，卻不知道他怎麼做官。兄長去莊子後，自己在田裡種地，嫂子帶人做生意，賺辛苦錢，數九寒天還要賣菜、賣吃的，但這些在您眼中都是不入流的東西。

「兄長現在還是種地，您卻回心轉意了，可見不是想要兒子。」裴湘也不知道是為自己不值，還是替兄長不值，眼下兄長都有小孩了，也是要做爹的人，他肯定不會像父親一樣。

裴湘的話讓英國公大受打擊，他不知道自己是怎麼回去的，也不知道徐氏和他說了什麼，到現在，他才明白，這段關係丟了就是丟了，再無挽回的可能。

半個月後，裴湘寄的東西送到了，兩大包袱有不少料子，做好的嬰兒衣裳、鞋子，還有金鐲子、銀墜子，全是見面禮。

顧筠把信看完，裴湘說不用擔心她的婚事，徐氏不會為難她，有事她會去安定侯府求助。等孩子生下來，裴湘也會來莞城。

雖說不是頭一回當姑姑，裴靖也有孩子，卻親暱不起來，這個孩子是不一樣的。

顧筠把信收好，貴重的首飾就放在匣子裡，布料給春玉她們做些小被子之類的。

她月分尚淺，也沒什麼反應，不過，過了三個月之後，就顯得愛睏，有時還會感到噁心。

三個月剛顯懷，肚子比平時大了點，裴殊就開始每日早晚替顧筠的肚子上抹藥油，有時會把自己弄得慾火難耐，拉著顧筠的手抒解一番，不過多數情況下還是去沖冷水澡。

三個月，按大夫的話說，可以行房了，但裴殊不敢，顧筠懷孕，自己不能盡興，顧筠也不能盡興，還不如不來。

六月底，已經入夏，衣裳穿得都薄，韓氏和王氏自然能看出來，顧筠肚子大了。

以前總有傳言，說裴殊和顧筠身體不好，才一直沒孩子。

韓氏和王氏也沒孩子，她們比顧筠還早半年成親呢。

韓氏和周長生這幾個月夫妻生活融洽，要是一直懷不上，韓氏心裡肯定上火。

而王氏前陣子胃口不好，以為就是苦夏，看見顧筠，自己略一沈思，去了趟醫館才知道有喜了。

有了孩子，王氏歡喜得不知如何是好。

李昱霖也十分高興，他想明白了，裴殊和顧筠怎麼樣，那是他們的事。王氏是他的夫人，這件事不會改變，不是所有人都像裴夫人那般，王氏這樣也挺好的，她出去玩，自己高興就成，以前在家中也有廚子做飯，用不著她做。

王氏也想了很多，她是做得不夠好，丈夫每日辛苦勞累，她不知體貼也就罷了，還怪罪顧筠，心眼也太小了。她現在有了孩子，得為孩子積福。

「夫君，我肯定好好養胎，你放心吧。」

李昱霖拍了拍王氏的肩膀。「先前我胡言亂語，妳別放在心上。」

王氏笑了笑。「怎麼會，你是我夫君，是和我最親近的人。」

這回王氏也有了身孕，韓氏只能勸自己不要急，這種事急也急不來，周長生也不急，沒有就是緣分沒到，更何況在莞城，條件也不好，還不如回盛京之後再有。

聽周長生這麼說，韓氏也放心了。

六月炎熱，這邊買冰也不方便，而且南方有些潮濕，若是用冰，屋裡地上更濕，顧筠索性不用了。自己打扇子，日頭不大了才出門轉轉，有時會去下頭莊子看看，夏風吹過，田裡一片碧綠。

這邊的孩子大人都下地捉蟲，有的人進去小會兒，然後嚇得哇哇直叫。「這啥？啊！有螃蟹！」

稻田裡的蟹苗都長大了，有半個拳頭大，在稻田裡爬來爬去，過來抓蟲的人都是長工們的親戚，小的有六、七歲，大的有十四、五歲了。

因為家裡窮，他們看著螃蟹都流口水，看見甘蔗地也流口水。

不過，長工們訓誡他們手腳乾淨點。「這是東家的，咱們不能拿，不過東家說了，等秋收了，一人可以拿一斤回家。」

距離秋收還有兩個多月，這會兒稻子都結穗了，輕輕一捏，很鼓實，老莊稼把式能看出來，這兒的稻子不錯，比他們家裡的好。

這一片水稻畝產三百二十斤，並不多，莊稼漢看這片稻田有些眼饞，而且地裡那麼多螃蟹，現在就這麼大了，長到九月、十月，那得多肥美。明年家裡也可以這麼種地。

夏日雨水多寡都會影響收成，裴殊幾人在外頭足足曬了十幾日，酷暑，連著長工一起在地裡給稻田澆水。

有水車，澆水方便，最熱的幾天，士農司賣出去好幾臺水車。

吳縣令對裴殊很是感激，一臺水車就一兩多銀子，打口井也是這麼個價錢，朝廷是真的想讓百姓過得好，吳縣令有時看著就會紅了眼眶，讓裴殊不知該怎麼辦才好。

「吳大人，這都是我應該做的，你也是個好官，好好幹，日後前途不可限量。」

吳縣令一聽怔住了。

裴殊這是什麼意思？難不成回京之後還會幫他美言幾句？

裴殊是有這個打算，他當了快兩年官，也不是白當的，士農司是塊大肥肉，誰都想插一腳，他一人在朝中孤立無援，而吳縣令寒門出身，若能幫他，自然是最好不過。

裴殊拍了拍吳縣令的肩膀。「漳渝縣百姓有大人，是他們的福氣。」

吳縣令心想，天下百姓有裴殊，是老百姓的福氣。

莞城這半年風調雨順，其他地方卻不太好，鄴城連下十幾天的雨，還沒見過一日太陽，莊稼稻田淹了不少。

這麼大的雨，就算挖水渠也不頂用，稻田的根都爛了，只能等雨停了。

到了七月，天氣才正常，莞城也沒那麼熱了。

顧筠肚子更顯懷，穿衣裳也能看出來。天氣涼快，她能多吃兩口飯，不然大夏天實在吃不下去。

之前裴殊忙，顧筠胃口不好就沒和他說，這也不是什麼大事，顧筠不想因為這些事亂了他心神，何況告訴了裴殊，她胃口也不會好多少，還不如不說。

裴殊每日在外頭曬，臉上有些脫皮，卻沒黑，他胃口也不好，一個月下來，夫妻倆都瘦了。

裴殊有些自責，他忙田裡的事忽略了顧筠，而且顧筠還懷著他的孩子呢！

她難受，不想吃飯，晚上不舒服，不忍心叫他起來，都是她一個人挺過來的，什麼都沒跟他說。

他內疚的同時又有點生氣，顧筠不跟他說，到底有沒有把他當夫君？

裴殊一個人在外頭坐了會兒，他覺得自己沒臉生氣，顧筠心疼他，看他睡得沈才不會叫他，正是把他當夫君才這樣，而不是因為生分，他腦袋壞了才會這樣想。

不生氣了，裴殊又有點心疼，懷孕生子他幫不上什麼忙，算是顧筠一個人受罪。他最多以後帶孩子的時候多幫忙，別的什麼都做不了。

裴殊聽李昱霖說他夫人也懷孕了，就找他討教去了，可是李昱霖一問三不知。

李昱霖甚是疑惑。「婦人生子，皆是如此，就算擔心也做不了什麼啊！而且，我一天忙完還挺累的，哪有空問她什麼。」

李昱霖不明白，他有小妾，也沒見懷孕生子多辛苦，小妾有了孩子還高興著，哪會抱怨辛苦。

王氏也是如此，有孩子可高興了，一句抱怨的話都沒說過，李昱霖理所當然地以為不辛苦。

誰家女人生孩子不是這樣，有啥可著急的？他又幫不上什麼，也不能替王氏生孩子。

裴殊愣了好一會兒，他差點忘了，這裡的社會允許男人三妻四妾，家裡有大方賢慧的妻子照顧孩子，還有溫柔解語的小妾噓寒問暖。

呸，可一邊去吧！

裴殊也懶得跟他說什麼大道理，後世還有大男人主義呢，這裡的人更是這樣，還不如跟老大夫說說話。

這天晚上裴殊睡得淺，顧筠一坐起來他就醒了。

「阿筠怎麼了？」

顧筠道：「我下去喝口水，沒事。」

裴殊便道：「我去拿。」

顧筠愣了愣，等裴殊拿了水過來，她喝了半杯。「我自己就行的，你平日也累，晚上好好休息。」

她已經儘量小聲了，結果還是把裴殊弄醒了。

裴殊笑道：「醒了又不是不能再睡……還要不要？」

顧筠喝了水，嗓子不乾了，兩人重新躺好。夜裡涼快，顧筠身上就蓋了條小毯子。

裴殊伸手摸了摸顧筠的肚子。「大夫說四個多月孩子就會動，孩子白天會不會鬧妳？」

顧筠搖搖頭。「沒，還挺乖的，興許晝伏夜出，晚上動。」

裴殊抱著人親了親。「我這陣子忙，妳多擔待些，等忙過春種就閒下來了。晚上妳要喝水就叫我，我睡在外側，妳在裡側，下床不方便。」

顧筠沒說話，裴殊揉揉她的腦袋。「別總是自己一個人扛著，不好受就跟我說，咱們兩個……是要過一輩子的，妳可別覺得麻煩，或者覺得我累。孩子是咱倆的，我能幫一點忙我就高興，妳也別覺得丟人，更別想著肚子大了不好看，害怕我看到，我覺得好看啊。」

顧筠聲音有點悶。「我知道。」

裴殊道：「妳知道什麼呀，總胡鬧，我白天出去不在家裡，我也擔心，妳以後多和我說一說好不好，不然這個爹當的還有什麼意思？」

顧筠點了點頭，她覺得自己有點傻，明明夜裡裴殊什麼都看不見。

「嗯，跟你說，我什麼都跟你說。」

夫妻倆說了會兒話，這才睡去。

次日，裴殊回來得早一點。

裴殊慢慢發現他說的話，顧筠聽進去了，回來的時候也會說白天發生了什麼，吃了多少飯，走了幾圈，肚子裡孩子動了，出門轉的時候遇見了誰，總有幾分樂子。

裴殊說：「這孩子倒是乖，李昱霖夫人不也懷孕了嗎？妳平時可以多跟她說說，她為人怎麼樣，還好相處嗎？」

問李昱霖問不出什麼，還得問李夫人，別人怎麼養孩子。

顧筠道：「她不怎麼出來，平日也見不到，周夫人總是出來轉轉。」

李夫人月分比她小一個多月，也不出來走動。

裴殊道：「那就算了，我去問大夫。過兩天請城南穩婆過來，要不就先住這兒吧，她要是給誰家接生就過去。」

顧筠也想穩妥一點。「行，我讓春玉和清韻去問問。」

第二十六章

這天下午日頭小了，顧筠又去院子裡走動，以後生孩子的時候好生。顧筠嘴上說著不害怕，其實心裡是怕的，生孩子就是九死一生，肯定是疼的，多走路對身體好，所以不用裴殊催，顧筠也會出來蹓躂。

今兒顧筠看見了李夫人王氏。

王氏這胎來得晚，她很小心，頭三個月不敢出門，就在床上躺著養胎，吃得也多，三個月顯懷的時候肚子就挺大，人也圓潤了一圈，顧筠顯些沒認出來。

王氏一臉慈母光輝，她摸著肚子，朝著顧筠點了點頭。「裴夫人，好久不見。」

顧筠肚子快五個月，王氏三個多月，兩人肚子卻差不多大。

顧筠皺了皺眉。「李夫人，妳這懷孕幾個月了？」

王氏笑了笑。「快四個月了。嘿，裴夫人有五個月了吧？妳這懷孕也沒胖多少呀！」

顧筠道：「我每日都來後院走動。別怪我多嘴，懷孕的話，每日可以多吃幾頓，每頓少吃一點，不然孩子太大，不好生。」

王氏沒想到顧筠會說這話，她低頭看了看肚子，也不是太大，不過顧筠月分大，肚子跟她差不多，本來王氏還下意識想，顧筠是不是覺得孩子養得沒她好才這麼說，後來轉念一想，裴家又不是吃不起，她何必小人之心度君子之腹。

「裴夫人，那我是不是得少吃點啊？我也覺得肚子沈了點。」

顧筠又不是大夫，就算會點醫術，這種關乎人命的事她也不敢亂說。「可以去醫館看看大夫怎麼說。」

王氏道：「多謝呀。」

李昱霖不會管她懷孕的事，這邊又沒個長輩，她是有點無措。

顧筠道：「順手的事。」

且不說王氏去醫館大夫怎麼說，不過從那天開始，王氏也來後院走動了，有時看見顧筠還會笑著打招呼。

顧筠不知道王氏從前背地裡那些胡言亂語，王氏也不會傻傻地自己往外說，不過心裡還是有些羞愧罷了。

時間一晃到八月了，還有半個月中秋，顧筠想買點月餅，縣城的點心鋪子，月餅早幾天就開始賣了，不過味道一般，顧筠就拜託掌櫃去玉屏州買一點。

她懷孕了，不能奔波著去外頭跑生意，生意都是掌櫃處理，香料包還是四文錢一包，他賣到別處去，她只有個條件，一包價錢不能高於十文。

掌櫃定價六文，一包賺兩文錢價差，這東西本錢不高，也不好賺太多，薄利多銷，多賣多賺。

現在每月也能賺五百多兩銀子，委實不算少了。

而裴殊這兒，還有一門大生意。

螃蟹長大了，馬上就可以賣出去了，五百多畝的稻田，裡面全是螃蟹。

田裡的稻穗已經沈甸甸了，趕在中秋前能收割一批，周、李已經往自家帶了好幾回螃蟹了，裴殊一回都沒帶過。

顧筠是有些饞，但裴殊都不吃了，她不好意思。「你吃你的呀，讓我看看也行。」

裴殊道：「我不愛吃那個，還指望螃蟹賺錢呢。」

地是士農司的，螃蟹也是，但裴殊覺得今年中秋節禮可以厚一點。

八月初收水稻，有農具收成也快，稻子六天就收完了，放在院子裡曬。然後長工們又開始幫忙收螃蟹，螃蟹得一隻一隻抓，裴殊還教他們怎麼捆螃蟹。

一簍一簍的螃蟹直接拿到縣城去賣，秋日是蟹肥的時候，一隻就有三、四兩，重的還有五、六兩。

裴殊把螃蟹銷往酒樓，一斤五十文錢，還留了一部分給長工做年禮。

光靠螃蟹，士農司賺了五千兩銀子，周、李二人沒想到螃蟹這麼賺錢，不由身軀一震。

五千兩銀子！

怪不得裴殊能當士農司司命，別人還真沒這個本事。

中秋節節禮，每人一斤螃蟹，一匣子月餅，還有兩斤豬肉。

而裴殊自己是二百兩的紅包，兩匣子月餅，五斤豬肉；周、李是各五十兩銀子，兩匣子月餅，五斤豬肉；遠在盛京的趙顯承、路遠也有，一人二十兩銀子，也有月餅、豬肉，其他人的節禮比長工多二兩銀子。

錢是裴殊賺的，買蟹苗又沒花多少錢，說這是他的錢，他倆也沒話說，但是這些錢，裴殊只拿了二百兩，剩下的都是士農司的錢。

以後過節過年都有節禮，二人雖然不在乎這點小錢，但這個不太一樣，是因為幹得好才有錢，不是因為別的。

中秋佳節歇了一天。

而裴殊一直等水稻曬乾脫穗，然後稻粒直接上秤。

五百多畝的水稻，畝產三百六十斤，比漳渝縣水稻畝產多了四十斤，將近二十萬斤的稻子，留了做種子的部分，剩下的連著喜報送去盛京，看皇上如何安排。

莊子裡的人要下田拔稻根，清理稻田，有時還會抓住兩、三隻漏了的螃蟹，味道也是極好的。

九月，各地的畝產都報上來了，戶部收了稅，一時之間成了朝廷油水最多的部門。

安慶帝乘機罰了幾個貪官，在御書房看了一天的摺子，並未急著看各地糧產。

安慶帝在等盛京各地的畝產，他想看看有沒有提升上去，裴殊的莊子去年畝產有三百九十斤，其他莊子也有三百八十多，安慶帝不求這麼多，今年盛京的有三百五十左右就知足了。

「盛京的糧產還沒報上來嗎？」安慶帝問戶部尚書。

戶部尚書擦了擦汗。「回皇上，尚未，再等兩天應該就報上來了。」

安慶帝問：「怎地這麼慢？鄰城的都報上來了。」

又等了一天，盛京糧產才報上來，安慶帝主要看了小麥。

戶部尚書一臉喜意，安慶帝壓住心中的急切，壓著聲音問道：「報上來了？有多少……」

戶部尚書遞上摺子，安慶帝翻開來看，小麥畝產三百七十二斤，比去年還多了點。而士農司的莊子畝產到三百九十，裴殊自己的莊子，畝產最高，四百出頭，這是頭一回麥子畝產高過四百斤。

安慶帝懸著的心落定，這才翻開其他地方的摺子，各地麥子畝產三百斤到三百三十斤不等，盛京一帶甩開了三十多斤。

「裴殊真是好樣的，朕沒看錯他。」

安慶帝找出莞城的摺子，水稻畝產三百二十斤，士農司遞的摺子是三百六十斤，裴殊在漳渝縣待了半年多，沒有白待。

御朝百姓並不是吃不起飯、米麵、紅薯或馬鈴薯，但是，能吃大米、白麵，誰又想吃紅薯、馬鈴薯呢？誰不想吃好一些。

所以，士農司種的都是麥子、花生之類的糧食作物。

裴殊和士農司立了大功！

「這個裴殊。」安慶帝準備厚賞，卻沒打算在戶部尚書面前說，他揮手讓戶部尚書退下，慢慢翻看其他摺子。

南方周城一帶七月分雨水多，畝產才一百多斤。現在又下雨，得開倉賑災。

歡喜過後又是煩憂，安慶帝揉了揉眉心，要是朝廷多幾個裴殊這樣的人就好了。

「趙德全，召安王和安定侯入宮。」

安王昨日一路快馬加鞭回來，還沒歇夠，就被召進宮了，安慶帝心裡有些愧疚，但現在的確急。

半個時辰後，安王同安定侯一起進宮。

安慶帝把奏摺給二人看。「周城賑災，兩位愛卿看誰去合適？」

南方的雨水奇多，那邊秋收糧產又不高，百姓苦不堪言，知府不敢謊報，奏摺上語氣惶恐，生怕降罪。

安定侯道：「說起來莞城離周城很近。」

安王點了點頭，別的不說，裴殊赤子之心，一心為百姓著想，安王是放心的。

讓裴殊去，安慶帝的確放心，只是裴殊可有這個本事？總不能因為他擅長種地，就讓他去賑災……

安慶帝道：「安定侯，朕命你為賑災大臣，即刻前往周城，傳朕旨意，命裴殊協助調度，開倉賑災。」

遠水救不了近火，賑災只能就近調糧，朝廷徵稅，都在各城的糧倉裡，以防有要緊事發生。

古往今來，有旱災、澇災都是這般做。

安定侯跪下領命。

安王半月之後還會回西北，對賑災卻是幫不了什麼忙。

安慶帝召安王過來，是為了西北戰事，開春之後大大小小打了十幾場仗，贏多輸少，北境之地的異族人不敢再犯。西北抓緊修建城牆，再過個十幾年，御朝國力再強盛些，日子比如今還會好過。

此間有裴殊的功勞。

糧草充足，而北境一帶冬日苦寒，吃得也少，他們茹毛飲血，冬日龜縮著不出來，安王想打一仗。

安慶帝道：「你若有把握，就打。糧草你順便帶走。」

光裴殊的莊子就有二十萬斤的稻米，三百萬斤的麥子，再加上紅薯、蔬菜，足夠將士們過冬了。

其他地方徵上來的稅不能只養軍隊，還有他用，等西北糧草用完再說。

這些安王都明白，他彎腰行禮。「臣遵旨。」

且說安定侯從御書房出來，回家收拾了行李，就快馬加鞭，帶著聖旨前往周城。

半個月的路程，安定侯壓到了八天，他先到莞城落腳，然後命下屬去漳渝縣把裴殊帶過來。

安定侯年紀大了，馬背上八天，日夜不休，腰疼腿疼，他老毛病又犯了。

裴殊等天黑才到驛站，安定侯說明來意。「你只需協同調度莞城糧草，事情不多，就是得多跑幾趟。」

裴殊點點頭，看安定侯臉色發白，問了句。「侯爺身子可好？」

安定侯扯了扯嘴角，頗有些無奈。「老毛病了，還以為是年輕的時候，無礙，這邊煩勞你了。」

調糧最為麻煩，一道道手續下去，就要耽誤些時日，而且各地糧倉是有數的，若拿去賑災，自己這邊出事就麻煩了，因此有時候調糧，當地官員還會推三阻四。

裴殊搖搖頭，災情為重，不過他得寫封信給顧筠，以免她擔心。

裴殊害怕寫信，他字不好看，勉強寫下來已經不容易。他寫信給顧筠，通篇下來沒一個好看的字，在喜歡的人面前也怕自己不夠好。

不過裴殊還是寫了信，上面寫了自己要去幹麼，歸期不定，又叮囑了顧筠幾句，說不用擔心他。

寫完信，便讓虎子快些送回去，明早再過來，裴殊就在驛站住了一晚上。

裴殊以為三、五天就把事辦妥了，但他委實沒料到，光調莞城的糧食就用了八天。

其中有兩個地方，還謊報了糧收，說起來，這事和裴殊還有一點關係。

鎮縣縣令一臉惶恐，鎮縣糧收是晚幾天報上去，他是看玉屏州漳渝縣糧產太高，怕上頭降罪，就報高了一些，也就多四十斤，可糧倉卻沒有那麼多的糧食。

裴殊聽完陣陣頭疼，吳縣令也是開眼了，問裴殊這怎麼辦。

裴殊道：「直接報上去，上頭的人會處理。」

他可沒這膽子給瞞下來，也沒本事把這事壓下去。

鎮縣縣令哪能想到就這麼一個小小差錯就把自己的前途給斷送了。

裴殊負責的事做完了，護送最後一批賑災糧去周城。

這邊雨已經停了，九月已顯秋寒，不過天還是陰沈沈。

下頭很多村子都淹水了，百姓住在山上，天越冷，連個避寒的地方都沒有，天災就是這樣，沒有任何辦法抵抗。

裴殊和安定侯說了幾句。「賑災糧已經送到，杯水車薪，希望這災情早點止住。」

安定侯拍了拍裴殊的肩膀。「這幾日辛苦你了，你也早點回去。」

裴殊應了一聲，翻身上馬，馬不停蹄地往家裡趕。

秋日樹上葉子都落下來，裴殊看過這邊百姓水深火熱，心裡越發難受。他不敢想若是漳渝縣出了這種事他該怎麼辦，如果顧筠懷著孕，卻求助無門，連口飯都沒有……

這麼一想，裴殊的心就一抽一抽的。

他能做的只有一樣，就是讓畝產高上去，日後有事發生，也不愁吃穿。

顧筠在家中靜靜等著，初來買的雞仔已經長大能下蛋了，顧筠打算將幾隻老母雞燉來吃。

這都九月二十三了，裴殊生辰九月十二，也過了。

他離家十五天了，不知什麼時候才回來？

裴殊不在，士農司大小事務都是周、李二人管理。

一來二去，王氏也知道裴殊去賑災了，便脫口而出。「那邊受災，也挺凶險的，萬一……」

李昱霖狠狠瞪了王氏一眼。「妳胡說八道什麼呢，不會說話就別說。」

這回是王氏理虧，她心直口快，忘了這是不該說的話。她娘家就在盛京，對南方的印象只有天氣溫暖、風景如畫這種景象，她都不知道南方水患頻發。

「夫君，我也是關心則亂，我出銀子，雖然不多，就是一點心意。」王氏拿出一千兩銀子，又說：「裴大人不在，我肚子大，也不方便去裴夫人那邊，你多照看些。」

要是往常，王氏還說不出這種話，現在她通透不少。

李昱霖拍拍王氏肩膀。「妳不必憂心，天塌下來還有我們男人頂著呢！妳就好好把孩子生下來。」

王氏點點頭。「妾身明白。」

裴家請了穩婆，說有事也可以去問，王氏忍不住想，顧筠真是個好人啊。

九月二十四，王氏下午出門就看見裴殊了，她嚇了一跳，點頭打了個招呼。

「那個……裴大人，裴夫人這幾天都挺好的，你不在，我和周夫人也會幫忙照顧，你放心吧！」

王氏想，幫忙總得讓人知道啊，她和顧筠非親非故，還真啥也不圖，至少讓顧筠知道她沒有壞心眼吧。

裴殊道了聲謝，他就出來拿個東西，立刻回去。

裴殊在莞城的點心鋪子買了新做的菊花糕餅、糖炒栗子，打算給顧筠當零嘴吃，結果剛下馬忘了拿。

半月不見，裴殊瘦了，顧筠也瘦了些，也不能說是瘦，就是肚子大了，顯得人瘦。

顧筠午睡剛醒，看見裴殊又驚又喜。「你何時回來的，怎麼不叫我？」

顧筠懷孕睡得多，每日午睡都睡一個時辰，裴殊半個多時辰前回來的，就在這兒看著顧筠睡覺。她側著睡，身上搭了一條毯子，下巴有些尖，肚子圓圓的，臉上好像有一層柔光，睡夢裡都是笑著。

倘若孩子生下來，估計會和他娘躺在一塊兒，他若有事出門，兩人也不會沒伴。

這是裴殊頭一回覺得有個孩子也挺好的，他想要一個兒子，並不是覺得男孩能傳宗接代，而是男孩能保護他娘。

裴殊對顧筠說：「我剛回來沒一會兒，看妳睡著就沒叫妳。渴不渴？我幫妳拿水。」

顧筠點了下頭，裴殊兌了杯溫水，顧筠咕嚕一下就喝完了。

她好好觀察裴殊，出一趟遠門，人累得都瘦了，眼下一片青色，下巴一圈鬍碴。

裴殊捂住臉。「別看，一點都不好看。」

「我一會兒洗過澡，妳再看，我這會兒太醜了。」

裴殊跑到旁邊屋子洗了澡，回屋，顧筠替他擦頭髮。

裴殊摸著顧筠的肚子，時不時親一口，趁著就他們兩個，解開顧筠的衣帶，看他不在的日子裡，顧筠有沒有好好抹藥油。

肚子圓圓的很光滑，裴殊俯身又親了一口。「爹不在家，你想爹了沒有？」

顧筠也不知道怎麼回事，裴殊就愛這麼傻氣地和孩子說話，肚裡孩子又不會回答，只能她這個當娘的代勞。「想了。」

裴殊抬起頭，眼睛亮晶晶的。「阿筠想我了呀？」

顧筠心一跳。「你……胡說些什麼呢！」

裴殊捂著心口。「哎，我出去半個月，阿筠都不想，哎，我的心啊……」

「想了、想了。」顧筠到底不像裴殊不要臉，有些話她只有晚上才說得出來，她聲音極小。「想了的……」

裴殊起身親了一下顧筠的唇，他眼睛裡全是顧筠，盛著滿滿的思念和愛意，心裡又高興又難受，有種想哭的衝動。「我也好想妳，我都快想死妳了。」

裴姝可算明白以前電視劇看到的那些臺詞是什麼意思了，放下劍沒辦法護妳，拿起劍沒辦法抱妳。

皇上有令，身為臣只能走，不當官就給不了顧筠好日子，當官就不能一直陪著顧筠，簡直是進退兩難。

顧筠拍了拍裴姝的後背，她也不好再矜持。「我也想你的，你不在家，我就和孩子說話，跟他說爹爹什麼時候回來。我知道，你有要事在身，不然也不會出門。」

顧筠感覺肩膀有些濕，就抱著裴姝說話。「我總想到西北將士，他們十萬人也上有父母，下有妻兒，也會想家，他們更苦一些。這樣想著，我就覺得沒那麼難熬了，你做的事是讓他們的妻兒不那麼擔心……」

這麼想，裴姝就很偉大。

雖然有些詩詞很酸，卻也不無道理，兩情若是久長時，又豈在朝朝暮暮？

當然，這也是因為裴姝體諒她，不然顧筠可不會管那麼多。

有時細想也會覺得難得，裴姝和御朝的男子不太一樣，在顧筠印象中，御朝男子都是那種像平陽侯一樣的。

可裴姝不一樣。

小別勝新婚，夫妻倆說了好一會兒話，等到了用飯的時辰，又一起吃晚飯，裴姝在路上吃得並不好，這一頓可吃了不少。

顧筠現在肚子大了，採少量多餐，就只用了半碗飯。隨著月分大了，還有很多不方便的地方，比如腿腫、腳腫，一直想上廁所，夜裡睡一半就會醒，走路還得萬分小心。現在天冷了，有時腿還會抽筋。

不過，這些顧筠不打算說。

裴殊一走半個月，返家後妻子變了不少，等以後孩子生下來，豈不是回來一次，孩子就長高了？

日子過得太快了，裴殊來不及感嘆，他摸了摸自己肚子，讓春玉進來收拾碗筷。

天黑得早，夜裡也涼，裴殊先把被子鋪上。他身上熱，暖了一會兒被窩，才讓顧筠進來。

「這裡和盛京不太一樣，冷得也不一樣，盛京是乾冷，這裡是濕冷。」

漳渝縣沒有火炕，冬日不到零下二十度，但裴殊想，零下幾度還是有的，他受得了，顧筠不行，而且孩子生下來以後，受不了這麼冷。

這邊的人都是孩子生下來交給奶娘餵養，他想和顧筠商量一下，能不能他們自己帶。

如果是顧筠親餵的話，他夜裡也會起來幫忙，不會讓顧筠一個人累著。如果顧筠不願意親餵的話，那就請奶娘，一切還是以顧筠的意思為主。

裴殊一邊給顧筠捏腿，一邊說了這件事。「咱們養的話，孩子跟咱們親一點，不過我就是突然想到的；要是妳想請奶娘，我讓春玉去找人。」

其實顧筠不太願意請奶娘，雖然她是有奶嬤嬤，但是李氏說過，她幼時不知事，很親近奶嬤嬤，把奶嬤嬤當親娘，大概應了那句話，有奶就是娘。後來奶嬤嬤不在了，顧筠也忘了那些事。

奶嬤嬤不是別人，就算是高門，也得當半個主子敬著，在小主子跟前也能說上話。

顧筠身邊丫鬟少，她本就不太喜歡人伺候，自己的東西總得自己安排打點。何況孩子也是自己的，她哪裡捨得孩子親近旁人，再說有春玉她們幫忙照顧，用不著請奶娘。

若是她奶水不夠、不好，再想請奶娘的事。

顧筠道：「自己餵挺好的，頂多夜裡勤起一點，不過夫君還是請一個奶娘以備不時之需，挑家世清白、看著乾淨索利的人。」

裴殊笑道：「行，有我在，妳放心好了。」

顧筠躺下醞釀著睡意，裴殊終於回來了，她想和他多說會兒話，可懷孕容易睏，說著話就睡著了。

床頭點著燭燈，裴殊握著顧筠的手，他想，顧筠肯定不知道他這樣盯著她看。

等他們有了孩子，會是什麼樣子呢？

熱鬧？有趣？

或許每天都有數不完的樂子，會有人乖巧地喊他爹……

裴殊沒帶過孩子，還不知道帶孩子是什麼樣子呢！

進了十月，樹上的葉子都落光了，周長生準備帶著韓氏回京，這邊事情少，蓋棚子有裴殊他們在就好。

因為韓氏沒懷孕，周長生想回京過年，年後再回來。

韓氏一走，王氏淚眼汪汪的，她也想家了，不過很快，盛京那邊王氏娘家和永康伯府送來兩個嬤嬤，照顧王氏生產。

王氏有些不好意思，前頭李昱霖說來南方不許帶太多丫鬟，這回家裡送人來，她懷著孕，有些事不懂，總不能把人送回去吧。

李昱霖也沒這個打算，多個人照顧妻子，他也放心，道：「家裡的心意，妳別有太大壓力。」

王氏有些好奇，顧筠那邊就沒人來嗎？

等到十一月，顧筠那邊也沒人過來。

王氏知道裴家和英國公不來往，興許英國公府都不知道她懷孕的事呢，而她娘家，一個庶女哪有那麼大的體面。

王氏嘆了口氣，讓經驗豐富的嬤嬤去顧筠那兒一趟，囑咐她一些生產的事宜。這個情，顧筠記下了。

都說十月懷胎一朝分娩，可大夫說顧筠懷相好，吃喝沒少過，孩子興許會早點出來。聽這話，顧筠臉都嚇白了，但大夫並不是那個意思。「足月生有些是因為吃得不好，足月孩子也不大，夫人不必憂心。」

孩子健康就好，她也不求別的。

顧筠稍稍放下心，讓春玉送大夫走。

春玉眼疾手快塞了個紅包，老大夫一直推脫，春玉笑道：「大夫收下吧，一點心意，況且您年紀大了，來這邊也不方便。」

老大夫推脫不過，只能收下。「下回莫要如此了，醫者本分，這些都是老夫該做的。」

春玉點點頭，把人送出去，看人走遠，她才回去。她也著急，夫人馬上就要生產，裡裡外外都是她們三個打點，恨不得有八個腦袋，不過此事不能急，以免自亂陣腳了。

穩婆已經住在家中，前後院有好幾個婆子、侍衛守著，這邊王氏也安分，小主子肯定能平平安安生下來。

春玉在廂房烤火，屋裡放著不少東西，她們幾個日夜守著，顧筠生產用的東西，還有日後小主子用的。這邊也冷，不過沒有盛京西北那麼冷，習慣了倒也還好。這裡是不缺炭火的，都是用上好的炭，穩婆那裡每日都有人送飯，裴家還請了兩個以備不時之需。

城南穩婆名聲大，本來還覺得裴家又請別人是看不起她，不過看裴家出手大方，又打聽到是盛京來的，也不敢再說什麼，只盼著裴夫人快點生下孩子，這樣她才能帶著賞錢回去。

過了十一月，穩婆每天都提心弔膽，雖然去看顧筠的肚子，拿著自己的名聲和腦袋擔保胎位很正，孩子肯定能順利生下來，但是裴大人依然擔心，不等瓜熟蒂落，裴大人一日都放不下心。

穩婆心裡害怕，請求生產那日，讓另外兩個穩婆一起進去幫忙，裴殊答應了。

臘月初八是臘八節，裴家煮了一鍋香甜的臘八粥。

臘月十五是顧筠生辰，裴殊還想這孩子跟她娘同一天生辰，但是沒有。

直到臘月二十七，顧筠才開始陣痛。

這也才九個多月，裴殊穩住心神，抱著顧筠進了產房。

顧筠拉著裴殊的手說了幾句話。「生孩子都會疼的，你在外頭別擔心，萬事聽穩婆的，別想著闖進來，知道嗎？」

裴殊使勁點頭。「我知道，我知道。」

顧筠也知生孩子就是一腳踏進鬼門關，肚子疼得厲害，她張張嘴，裴殊卻親了她一口，道：「剩下的話生完孩子再說，我等著你們。」

穩婆心裡著急，這都什麼時候了，還在這裡依依惜別。有什麼話不能等生完孩子再說嗎？還要不要過年了！

「裴大人，您快出去吧，產房有我們呢！您又幫不上什麼忙，在這兒湊什麼熱鬧。春玉姑娘，熱水、剪刀、紗布都準備好了嗎？」

春玉點點頭。「都準備好了。」

穩婆走到顧筠面前，檢查了一番，羊水破了，離生產還早，得看宮口開了幾指，穩婆還怕顧筠盛京來的，架子大，看她咬牙忍痛，事先說了幾句。「夫人，我經驗多，您得聽我的，讓您怎麼呼吸吐氣就照著做，疼了也儘量忍著，別喊……」

顧筠點點頭，忍著疼，道：「嗯……都聽您的。」

顧筠只覺得疼極了，等宮口開的過程太漫長，骨頭縫都在疼，她耳邊只有穩婆的話，讓她使勁她就使勁，讓她呼吸她就呼吸。

裴殊在外頭等著，寒風吹著，他一點都感覺不到冷。

另一個院子，王氏待得也不踏實，她還有點害怕，王氏還指望顧筠的孩子生下來，跟她的孩子一起玩耍，再來指點她幾句，一定要平安無事啊！

從下午未時到戌時，生了三個多時辰，裴殊總算聽見一聲嬰兒啼哭，他腿一軟，還是虎子立刻把他扶住。

「大人，您沒事吧？」

裴殊搖搖頭，但他聲音直發抖。「廚房吃的準備好，還有奶娘，給穩婆的銀子賞錢……孩子的衣裳……」

綠勺點點頭。「大人放心，這些都有了。孩子生下來了，您別擔心。」

裴殊守在門口，裡面的人還沒出來。「怎麼還沒出來啊？我能不能進去看看？」

裡面沒什麼動靜，孩子也不哭了，穩婆的聲音也聽不見，只有人來人往的走動聲。

裴殊只覺得度日如年，終於，穩婆推門出來，一把攔住往裡衝的裴殊。「恭喜大人，賀喜大人！母子平安，但外頭太冷，小公子由春玉姑娘看著。

「夫人生了三個時辰就生下來了，可算快呢！」當然她也是功不可沒，穩婆自顧自說著。

然後裴殊突破她的攔堵，給門開了個小縫，鑽了進去。

穩婆道：「大人！產房血氣重，你進去不吉利啊！」

裴殊還管什麼吉利不吉利，他媳婦孩子還在裡面。

春玉小心翼翼地抱著孩子，姿勢還是穩婆指導的，一手托著脖子，一手托著後腰。

另外兩個穩婆在換床褥，顧筠一頭汗，頭髮濕黏沾在額頭上，她閉著眼睛，呼吸均勻。

聽見動靜，顧筠睜開眼，她眼前有些花，她記得疼的時候眼前發黑，現在才好了點。

「你……說了不讓你進來，幹麼非要進來……」
裴殊心疼得不知如何是好，他伸手給顧筠擦汗。「我就進來看看，看看妳。哎，我一會兒拿吃的給妳，不疼了，不疼了。」
對顧筠來說，疼這麼一遭是值得的。當她再睜眼的時候，就看見自己躺在屋裡，旁邊就是閉著眼睡覺的小人兒。
那可真小，像小貓兒一樣，頭髮很黑，臉紅撲撲、皺巴巴的。
裴殊坐在床邊，守著妻兒，一臉滿足。
顧筠艱難地開口。「怎麼這樣，這真是我生的嗎？」
裴殊知道顧筠是嫌兒子醜，其實他看第一眼也覺得醜，但看久了也就習慣了。「剛生下來都這樣，妳看他鼻子很挺的，嘴巴也紅紅、小小的。」
仔細看，覺得有點好看了。
顧筠想，就算不好看還能怎麼辦，生都生了。
孩子取好名字了，叫「裴時」，有命運光陰之意。
裴殊說希望這個孩子健康快樂，他們的孩子，也不需要怎麼出人頭地。
但是還有一層意思裴殊沒說，他穿越時空，來到這裡，這個孩子是突破時空愛情的結晶，當然不一樣了！

裴時小名叫六斤，這孩子就六斤重，賤名好養活。

裴殊伸手越過兒子，握住顧筠的手。「一會兒餵妳吃飯，奶娘已經餵過這小子，妳要親餵得等妳好了再說。」

顧筠喝了半碗小米粥，又睡了過去，六斤躺在她旁邊，穿著白色印花棉布做的小衣裳，小手攥成拳頭。

裴殊試著把手指伸進去，誰知道六斤就握住了，小手握著他爹的食指，裴殊被萌得不知如何是好。

兒子雖然皺巴巴的，但是很可愛，在當爹的心裡就是好看的。

第二十七章

夜已經深了，裴殊把母子倆往床裡挪了挪，他有點思念家裡的火炕，在這兒燒再多的炭也冷，怕一氧化碳中毒，還得給門窗留縫，又怕凍著顧筠和六斤。

六斤裹在襁褓裡，就兩隻小手露出來，眼睛閉著。

穩婆叮囑了幾句產後需要注意的地方，聽到顧筠打算母乳親餵還挺詫異的，小孩晚上容易醒，要是自己親餵，肯定不好休息。而且高門婦人為了產後快點恢復身材，籠絡住夫君的心，大多不願意，分給孩子的心思自然少了許多。

不過既然裴家有這個要求，穩婆也不會說別的，她可以幫忙疏通，以免脹奶疼痛。

裴殊問她。「這個我來行嗎？」

穩婆想了想。「……也不是不行，明兒要是不行再來找我。」

她已經習慣裴家老爺和別人家不一樣了，同一個院子，那位李老爺就不會問東問西。

裴殊又學了半天疏通之法，穩婆倒還有點不好意思，支支吾吾說道：「就揉揉，喊疼了就停下。你當夫君的以前沒幹過這事兒嗎？吸一吸就好了……」

裴殊不知想到了什麼，臉也紅了，回到屋裡，春玉就退了出去。

有了小主子，不比平日，屋裡得時時刻刻留人，公子回來了，她們就出去，也不會添亂。

小主子出生，春玉三人手上還有別的事，一來要準備好尿布，二來煮紅雞蛋，送給前院長工們還有李家夫人，沾沾喜氣。

春玉進屋行了一禮，撂下一筐紅雞蛋。「我家夫人生了，母子平安，送點雞蛋過來。」

王氏知道顧筠生下孩子，但別的還不知，她大著肚子不方便出去，就多嘴問了句。「平安就好，孩子多重呀？」

春玉答道：「六斤三兩。」

王氏笑道：「等我這兒方便了，再過去看。」

不過她生孩子的時候，顧筠都該出月子了。

春玉道了謝，又去給吳縣令家送雞蛋，這邊走動的就這麼些人，輕鬆自在。

回到宅子，天都黑透了。

清韻一臉柔和。「小主子真好看，眼睛很大，頭髮濃密，眼睛嘴巴都像夫人。」

綠勺中肯道：「鼻子像公子，不知道有沒有酒窩，夫人有的。」

虎子還沒看過小公子，也搭不上話，張著嘴想說也難以插話。「欸欸，小公子啥樣兒啊……」

春玉回道：「小娃娃，跟小貓兒似的，大名單一個時字，小名就六斤。」

「那麼大的小娃娃，咱們也終於有小主子了。」

四人你一嘴我一嘴說著話，廚房大鍋裡還溫著飯，除了有小米粥，還有燉雞湯、奶饅頭、餃子、湯包，餓了就能拿去吃，她們就住側邊廂房，一有事就能隨時傳喚。

屋裡，裴殊守著，不知道晚上需不需要她們。

誰知剛收拾好碗筷，屋裡裴殊就一陣驚呼。「春玉！春玉！清韻、綠勺！」

三人嚇了一跳，進去之後，就見裴殊指著六斤的臉。

「他撓自己，怎麼辦啊？六斤手還那麼小，沒法給他剪指甲啊。」

裴殊看孩子的時候還挺專心的，但是小孩胳膊一伸，他哪攔得住，細皮嫩肉劃了一道，裴殊心疼死了。

清韻道：「我這就去在袖子縫個口袋，就不會那樣了。」

裴殊握住兒子的兩隻小手。「那快點，快點……」

傷口不深，就淺淺一道痕跡，裴殊嘆了口氣，輕輕吹了吹。「撓了自己都不知道哭，你怎麼這麼皮實啊。」

六斤睡得很安穩，連換衣裳都只皺了皺鼻子。

裴殊守著母子倆，直到過了亥時，他看顧筠也在睡，兒子也在睡，正準備爬上床，結果六斤癟了癟嘴，哭了。

裴殊不至於手忙腳亂，但是他怕兒子把顧筠吵醒，就抱著六斤去外間，換下濕透的尿布，然後又給抱回來。

他以為動作夠輕不至於把顧筠吵醒，誰知顧筠已經醒了。「醒了呀？要不要吃點東西？六斤額頭被劃了一下，就把小手給包上了。」

就是袖口加長一點，手背那邊縫一塊布，可以翻下來，像個小手套一樣，以免他再抓臉。

顧筠道：「傷口不深，過兩天應該就好了。」

裴殊鬆了口氣，他還怕顧筠怪他沒看好孩子呢，顯然他這個當爹的更重要一些。

「那個穩婆已經回去了，我問了餵奶的事……」裴殊眼睛往顧筠胸前掃。「阿筠，妳……妳有奶嗎？」

顧筠在月分大的時候胸就脹疼，既然決定了母乳親餵，就不在這件事上扭捏，她搖搖頭。「沒……不過很脹？」

裴殊手指蜷縮了一下。「穩婆說了怎麼疏通，要不試試？」

顧筠低頭看了看六斤，然後點了點頭。

次日。

裴姝是在六斤的哭聲中醒來，他哭得厲害，閉著眼睛，還揮著小拳頭。

裴姝胡亂抹了把臉。「怎麼了？」

他一摸尿布，是濕的，可換過尿布後，孩子還在哭。

裴姝沒辦法，只能把顧筠喊起來。「阿筠，六斤餓了，妳餵兩口母乳吧。」

顧筠坐起來，把孩子抱在懷裡，六斤連眼睛都不睜開，咕嚕咕嚕喝著奶，可見餓了。

裴姝本想著餵兩口，孩子不哭了就抱走。但這小子不喝飽了不撒口，一動他就哭。

顧筠輕輕地碰了碰兒子的臉，神色溫柔。「也不早了，起吧，我餵完他也下床走走。」

穩婆說下床走動好，顧筠躺著也難受，她生孩子還算快，沒受太多罪，六斤應該挺好帶的。

裴姝喊春玉進來，自己則去梳洗準備早飯。

顧筠坐月子，吃得清淡，以滋補為宜，裴姝嚐了所謂的月子餐，眉頭皺了起來。

這一點都不好吃啊！

清韻道：「坐月子間不用吃太油膩，也不用刻意吃什麼飯食，如果奶水不夠還有奶娘呢，主要是幫夫人補身子。」

顧筠過了年才十九歲，還年輕，哪個不想漂漂亮亮的？

李氏在坐月子上有一手，提前教過清韻、綠勺，怎麼保養身體、頭髮……

裴殊嘆了口氣，心裡越發心疼。

他就是個新手爸爸，六斤生下來第四天，是年三十，本來一家人高高興興的，結果早上喝了奶之後，六斤就開始嗷著嗓子哭，一個時辰也不消停。

春玉道：「怕不是魘著了……」

顧筠道：「去醫館請大夫過來一趟吧，多給些辛苦費，大過年的。」

裴殊趕緊去請大夫，但是小娃娃哭個不停，這麼大點，把脈也摸不出什麼。

大夫就問了，孩子哭之前做了什麼，裴殊道：「也沒幹麼啊，就喝奶！」

老大夫道：「興許就是因為這個，小娃娃喝完奶得拍嗝，不然脹得難受。」

老大夫把六斤抱過來翻了個身，輕輕地拍他後背，拍了幾下，六斤吐了兩個泡泡，這回也不哭了。

裴殊鬆了口氣，給大夫一兩銀子。

以後喝完奶還得拍嗝，這臭小子……

送走大夫，春玉幾人鬆了口氣，開始準備年夜飯。

六斤剛吃完睡過，這會兒也不睏了，眼睛盯著顧筠看，他眼睛大，在屋裡四天終於不那麼皺巴巴，皮膚也變白了。昨兒還洗過澡，乾淨清爽香噴噴的，揮著小手，嘴巴還一張一合的。

顧筠昨晚也擦過身子，依著坐月子的習俗，平日不吹風、不洗澡，不吃涼的、硬的，安安穩穩度過這一個月。

大年三十，一家三口吃了月子餐，六斤還是喝奶。晚上年夜飯，顧筠吃了小塊蒸魚、半碗蒸蛋、小碗雞湯。裴殊吃得多，他一個人頂兩個人用，不多吃點，玩不過這小子。

除此之外，裴殊還準備了兩份壓歲錢。「六斤呀，你的壓歲錢先讓你娘幫你存著，反正你也不會花，長大了記得找你娘要，知道嗎？」

顧筠無語。「……」

她不給是不是不像話？

過年，可以讓娘親拍奶嗝，不用爹爹。

拍奶嗝要用大腿托著腰，她一隻手扶著六斤的小臉，輕輕拍，比裴殊要溫柔得多。

這可能是御朝最幸福的小娃娃，從小在爹娘跟前長大，家境優渥，什麼都不缺。比他有錢的小娃娃大多讓奶嬤嬤照顧，跟他一樣在爹娘身邊長大的孩子，絕對沒有他過得快活。

爹娘還在守歲，六斤就攥著顧筠的手指，睡了過去。

外頭有放煙花、炮竹的聲音，六斤有時候會皺皺眉，但是只要顧筠或裴殊拍一拍他就沒事了。

顧筠看著兒子，心裡就一片柔軟，生孩子那天撕心裂肺的疼痛好像是很久以前的事了。她看了看裴殊，又看了看跟他有點像的六斤，就覺得什麼都值了。

裴殊伸手拍了拍六斤的臉，他什麼都小，臉也嫩。「阿筠，他一會兒就醒了吧？能吃能睡，也就豬才這樣。」

顧筠道：「哪有這麼說自己兒子的。」

裴殊不服氣。「我當爹的說他怎麼了，妳怎地這麼向著他，妳現在就開始向著他了！」

顧筠啞口無言。「這不也是你兒子嗎？你……」

裴殊道：「那也不能向著他，我還是妳夫君呢！妳可別生了孩子之後，一門心思全放他身上了。」

顧筠有些心虛，很早之前她的確這樣想過，但後來這個念頭就不了了之。「怎麼會？你想什麼呢！孩子是我們的，我拚命生下這個孩子……你就這麼想我的啊。」

裴殊不敢再說了。「沒有，我就是有點吃醋。哎，我的錯，我的錯。」

裴殊怕把顧筠弄哭了，坐月子不能哭，對眼睛不好，殊不知這只是顧筠轉移話題的法子。

兩人打著精神守歲，終於過了子時，裴殊給六斤換過尿布，弄濕用水泡上，然後才上床。

又是新的一年。

大年初一，都在家裡待著，很少出門。

新年新氣象，貼春聯、掛燈籠，各家都一片火紅。

盛京更是熱鬧，秋天大豐收，每家都有豐厚年貨，街上張燈結彩，地上還有沒掃乾淨的紅色炮竹碎屑。

裴湘一早收到莞城的來信，顧筠說產期將近，興許信送到的時候，孩子已經出生了。裴湘忍不住想是男孩還是女孩，一早就有嫂子的信，讓她心情愉悅，臉上都帶了幾分笑意。

初一，一早家裡人吃飯，倒是一片祥和，裴殊不在盛京，徐氏樂得自在，她還關切地問了幾句裴殊的近況。

裴湘抿唇笑了笑。「兄長、嫂嫂挺好的，嫂子懷孕了，這幾日的產期。」

裴湘總是能讓徐氏無法好好過年。

徐氏扯著嘴笑。「是嗎？那太好了，妳二嫂生過孩子，可以多問問她。」

英國公想問什麼，但被徐氏拉住了。徐氏早先就和英國公開誠布公地談過，一半產業給裴湘，但別在外頭做那種多後悔失去這個孩子的神情來，他得為裴靖考慮。

英國公在心裡嘆了口氣，裴殊現在越來越好了，連孩子都有了，甚至都快出生了，他才知道這個消息。

裴湘有點痛快，她也覺得自己壞，可是那又有什麼關係呢，她倒樂意每年過年的時候都給他們帶來「好消息」。

他們不高興了，她就高興了。

真好呀！

初二，各家媳婦回娘家，平陽侯府早就知道顧筠去莞城的事，平陽侯只說裴殊前途不可限量，並未說別的。

對於顧襄和她夫君，態度卻一般，顧襄明白是為什麼，卻也沒太在意，以往就是如此。不過，顧珍今年回來了，去年出嫁的顧槿也帶著夫君回娘家，平陽侯府倒是熱鬧。

平陽侯先是惋惜一番顧筠不在，又說起他要抱外孫的事，不知道的人還以為他是個多疼女兒的父親呢。

這一頓飯，下頭的人心思各異，顧珍早顧筠一年出嫁，夫君是寒門出身，在南方做了五年知縣，今年回京述職，也不知能不能留在盛京。

顧槿去年成婚，雖然顧筠沒來，但送了價值不菲的禮物，兩人有書信往來，比起親姊顧襄，她和顧筠話更多一點。

顧槿看著自己的親姊姊，總覺得她被婚後生活磨平了，整個人沒魂了。她心裡雖然不好受，但現在大多數人成親以後都是這樣子，沒有什麼法子。

她也是陰差陽錯，和顧筠關係緩和，相看議親的時候打聽好人品，成婚以後，夫君體貼罷了。

大概應了那句話，人生不如意十之八九。

顧襄不願意說，顧夫人也沒多問，大過年的，說點高興事才好，小女兒成親，夫妻和睦就好了。

「妳和筠娘交好，她生孩子多備點東西，用不著多貴重，心意為上知道嗎？」

顧槿點點頭。「女兒明白的。」

她寧願簡單一點，無論是對顧筠還是對別人。嫁了人就不是孤身一人，總得顧慮周全些，可一段關係中摻雜太多就失了情分，這個顧槿也知道，就看自己如何把握了。

她心想，怎麼嫁了人比不嫁人更麻煩，那顧筠成親之後經歷的豈不是更多？

顧筠什麼時候才能回來？

顧老夫人又老了一歲，精神沒有年輕人好，早早就回去休息了。

李氏帶著顧承霖回院子，她叮囑兒子最多的就是做功課，多用功，才能不給顧筠添亂。

女兒走到這一步不容易，李氏不想扯顧筠的後腿。

顧承霖今年身體比大前年好了不少，因為顧筠的緣故，平陽侯很看重他，經常考究他的學問。顧承霖學問好，平陽侯高興，時常和顧承霖說話。

李氏和顧承霖說：「以後記得孝順你父親就行了，對你最好的只有娘和姊姊，知道嗎？」

她不忘洗腦顧承霖，兒子可是她的指望，不能讓平陽侯拐去了。

顧承霖點點頭。「娘，我知道，父親只在乎我功課好不好，只有您和姊姊關心我身體好不好。」

李氏何嘗不願意看見父慈子孝的情景，但在兒子和平陽侯身上，這輩子是看不到了。不過，她有外孫了，興許能看到。

過了十五，盛京的天氣漸漸沒那麼冷了。

正月十六，李氏收到莞城的書信，顧筠說孩子已經生下來了，臘月二十七出生，大名裴時，小名六斤，生下來六斤三兩。等天氣暖和了，會回盛京給她看看。

李氏拿著信喜極而泣，她高興極了，就是有點不解，為啥信上的字這麼難看。

難道是女婿寫的？

李氏一臉疑惑，不過還是妥貼地把信收起來，去和夫人、老夫人報喜。

顧老夫人一直說好，顧夫人也說準備賀禮寄過去。

不過估計趕不上小六斤的滿月酒了。

正月二十七，裴時終於滿一個月了。一個月光景，說來也不長，但裴時簡直換了一個模樣，不紅不皺，小臉可白了，眼睛大而有神，就是手還用布兜罩著。

目前沒有給小孩剪指甲的剪刀，得去鐵匠鋪子那兒訂做，但是年後忙，這小東西還沒做好。

滿月酒請的人不多，就吳縣令一家還有李家。

王氏還沒生孩子，只送了東西，人沒過來。

顧筠今兒出月子，她好好在屋裡洗了個澡，可算舒服了。洗完澡再去抱六斤，小娃娃只覺得娘親更香了，趴在她胸口聞。

抱了一會兒孩子，顧筠就把六斤放床上，一個月大的小孩，不會翻身不會爬，一個人在屋裡看著就行。

而且，一直抱著裴時，顧筠手瘦。

六斤哪知道現在就被親娘嫌棄，他還咿呀咿呀高興著呢！

顧筠心一軟，俯身親了他一口，大約是喜歡這種親近的行為，六斤咧嘴一笑，露出粉色牙床。

滿月酒，得把裴時抱出去給眾人看，顧筠剛出月子，也不好出去吹風，遂由裴殊進來接孩子。

顧筠道：「等他睡著了抱出去晃一圈得了，不然哭了不好哄。」

這一個月來，裴時除了吃就是睡，剩下的就是哭，稍微有不順心就哭……

裴殊說：「又不是小姑娘，怎地這麼愛哭呢？」

顧筠笑道：「他只有不舒服才會哭，平時都很乖。」

裴殊不願意聽顧筠替裴時說話，抱起兒子哄了哄。「阿筠，妳來、妳來，六斤又不聽話了……」

顧筠唱著小調哄兒子，裴殊把兒子裹得不透風，才抱出去，沒一會兒又抱回來了。「就給看了一下，捨不得讓他們摸，大家都說咱兒子好看，我覺得也好看。」

這會兒六斤睡著了，閉著眼睛。他頭髮軟軟的，眉形像裴殊，睫毛特別長，鼻尖有點紅，嘴巴抿著，臉上還有點紅暈，兩隻手擺在腦袋旁邊，睡得香甜。

顧筠說：「李夫人應該挺想看的，不知道她什麼時候生，要是天氣暖和，肯定抱過去給她看看了。」

「應該快了，咱們在這邊，六斤還能有個玩伴，不過今年應該能回去一趟。」

裴殊想著等秋收了，六斤也大一點了，那會兒差不多十個月，估計都會爬了，也不怕天冷凍著，就回盛京，然後明年二月分再過來。

顧筠聽裴殊說過這些事，就是得顧及六斤還小，不能顛簸。她能親餵孩子，出門頂多帶六斤用的東西，不用費心再帶奶娘上路，也省事。

不過下午的時候，顧筠還是去王氏院子看了看。

王氏肚子有九個月了，顧筠有一個多月沒見她，看她倒是沒胖，不過肚子大了。

王氏看顧筠才覺得變化大呢！

「瞧妳瘦了不少，腰也細了，看著快到生產前那會兒了吧。」

王氏目光有些羨慕。

她管不住嘴，但是顧筠的話在前頭，她也不敢一直吃。而且七、八個月的時候腿腫，肚子一天比一天大，渾身難受，但還是每天走走轉轉，她不求三個時辰生下來，四個時辰總行吧。

顧筠道：「等妳生完，把菜單給妳。藥油可天天抹著？」

王氏笑道：「抹了抹了，沒長那個紋，多虧了妳呢。」

顧筠笑了笑。「生產的時候聽穩婆的，別害怕，都得有這麼一遭，妳看我，不也生下來了？」

王氏摸了摸肚子。「等我孩子生下來了，和小六斤玩。」

過了幾天，二月初二，王氏用將近四個時辰誕下一子，比六斤小一個多月，卻比六斤小了一歲，穩婆拿了個大紅包，幫裴家、李家兩家接生，比她一年賺得還多。

顧筠也吃到別人家的紅雞蛋，聽說李家的小公子小名叫稻子，大名還得問過盛京長輩。兩家孩子年歲相近，可以多來往。

王氏也樂得如此。

二月中旬，周長生從盛京趕回來了，但是只有他一個人，他臉上有喜色。「我夫人她有孕了，禁不住舟車勞頓，就留在盛京養胎。」

臨行之前，周長生和韓氏保證，在外頭絕不胡來，等孩子出生之前一定回家。

裴殊道了句恭喜，又道：「既然回來了就好好幹活吧！春種在即，咱們負責漳渝縣，賣糧種和蟹苗。」

稻田、蟹田一體，是士農司運作出來的，想要賺錢，漳渝縣上下都可以用這種方法，但怎麼挖水渠、育苗還得士農司指導。

當然，賣出去的蟹苗、稻種，賺的錢都是屬於士農司。

春種還沒開始，但要跑蟹苗、育種，去下頭普及種水稻的知識，吳縣令跑了好幾個地方，還帶著幾個鄰縣縣令，一起跟著裴殊學。他們看見這裡面可觀的利潤，倘若只靠賣螃蟹，就算一畝地只有二百斤蟹，那一家四、五畝稻田，一家也能賺五十兩銀子。到時候螃蟹統一賣往北方，勢必能賺不少錢，穩賺不賠的買賣，誰不眼紅？

再說就算沒有螃蟹，水稻畝產提上去了，百姓也樂意。

清明前半個月，裴殊忙得腳不沾地，推廣種子、農具，還有士農司新研製出來的肥料，不過肥料並不好賣。

這氮肥從大豆根部提取，有利於植物根莖發育，不過一袋不便宜就是了。

裴殊還想研製除草劑，很多植物的葉子不能吃，但是會影響光合作用和果實發育，而使用農藥只在前期影響其他雜草爭奪養分，並不會對後面果實有影響。

在這個朝代，肯定不方便提取那麼多的化學藥品，所以裴殊做的是簡易除草劑，白醋兌食鹽還有皂莢水。這個原理也簡單，中午的時候噴在雜草上，白醋可以快速吸乾雜草水分，鹽水能讓雜草難以再生。

但這有一個問題，不是針對雜草的除草劑，對秧苗也毫不手軟，若是噴得不好，秧苗也會受影響。所以不能在秧苗小的時候使用，等稻苗長大一點，噴在田壟上，中午一曬，除草效果好。

至於殺蟲劑，裴殊用蒜水、薑末水，有時還會兌辣椒水，殺蟲效果還不錯。

二月下旬，士農司的人一邊試除草劑、殺蟲劑的效果，而周長生剛回來，就要回盛京送兩種藥劑。

當然，夫人有孕在家，周長生願意跑這一趟，就是路途顛簸，還要趕在春種之前把兩樣藥劑送回去，在田裡做過實驗，才能估價往外賣，這樣的話士農司又多一種收入。

不過給百姓用的東西，價格賣便宜就是。

這事傳到安慶帝耳中已是十日後，安慶帝詫異，真有這麼神奇的東西，能夠除草殺蟲？要知道有些地方還受蟲災困擾，再有雜草叢生之地，不好開荒，若是有這兩樣東西，事半功倍。

周長生回話道：「是，的確可以殺蟲除草，但使用上有諸多需要注意的地方，不可亂用，不然對莊稼不好。」

安慶帝嘆息著道：「這是裴殊做出來的，還是士農司弄出來的？」

雖然士農司是由裴殊一手帶起來的，但是在安慶帝眼裡，士農司十個人還抵不上裴殊一個。

不，是一百個都抵不上裴殊一個！

他弄出來的稻種、農具，還有除草劑、殺蟲劑，都讓安慶帝大開眼界。

周長生實話實說。「大人說沒有我們，他不能這麼快把這兩樣東西做出來。」

的確是裴殊做的，但士農司上下功不可沒。

安慶帝了然。「裴殊有孩子了？」

當皇帝的哪裡會操心臣子的家世，操心亦是看重。

「回皇上，裴大人的長子已經兩個多月了，年前生的，很是茁壯靈氣。」

周長生心想，自己孩子也要出生了，可以和裴時一起玩耍，以後一起上學，興許還能結為親家。

安慶帝記著上回還沒給裴殊賞賜，就一併給了。「士農司上下多三個月俸祿。」

等周長生走後，安慶帝讓他去庫房裡挑些小孩子戴的項圈、七巧鎖等物。「朕剛得了一套十二生肖玉石擺件，給裴殊兒子玩去吧。」

意思是一併送到莞城。

第二十八章

三月初，正是農忙時節，草長鶯飛，蝴蝶飛舞。

天氣沒那麼冷，六斤也能出來曬太陽了，他自出生起就沒出過屋，眼裡只有爹娘，現在看見別的東西，甭管看不看得清，就晃著腦袋東張西望，生怕誰不知道他能抬頭了。

顧筠抱著他，指了指田埂上勞動的人。「你瞧，那裡站著的是爹爹，他們在插秧，那個器物就能插秧……」

六斤哪知道啥叫插秧，其實他連爹都認不清，就伸著脖子往那邊看，見著誰他都高興，都會呀呀叫一聲。

有時候他會扭著脖子回頭看顧筠，他好像知道這是娘親，也好像知道娘親很喜歡他，神情裡滿是依賴。

那邊裴殊倒不用下地，不過得演示改良後的農具怎麼用，今年的農具比之前的效率好，而且插的壟多，去年五壟，今年能插十壟。

反正不在士農司買農具，種地就比不過別人，士農司每年出新的器具，每年都得買，這是裴殊能想到的生意經。

士農司想蓋琉璃大棚需要銀子，銀子不會從天上掉下來，只能想法子。

早春不熱，但一直在太陽底下站著也很曬，裴殊回頭看了眼顧筠，提議他們去旁邊莊子逛一逛，不然在家裡悶得慌。

工人種地，他們隨便找個空地，裴殊洗了把手，走過去把孩子接過來。「六斤，有沒有想爹？」

裴殊和六斤說話，眼睛卻看著顧筠。

顧筠瞥了他一眼，無奈道：「你那邊忙完了，會不會耽誤事？孩子給我吧。」

裴殊道：「不會，一會兒他們也要吃飯了，剛剛還有人問，這是我兒子嗎？說六斤白淨，胖乎乎，有福氣。」

當爹的人，只要聽見誇自己兒子的話，沒有不開心的。

裴殊跟六斤對視，看著黑葡萄似的眼睛，笑道：「六斤像我多一點。」

顧筠心道，他們的孩子，不是像裴殊，就是像自己。

長工們吃飯，他們也該吃飯了。

裴殊和顧筠去旁邊春遊，這趟出門她帶了不少東西，她打算吃潤餅，就帶了平底的小鐵鍋，麵粉、青菜、甜醬、豬肉、豆腐。

春玉已經在大坡上鋪了布，又拿來爐子和炭，等會兒烙餅。

麵團揉長切成一小塊，然後擀得精薄，中間抹點油，在鐵鍋上一烙，沒一會兒餅皮就熟了。

菜有蘿蔔絲、蔥絲、甜醬炒肉絲，還有一道大白菜豆腐粉條燉菜，都能放在餅皮裡裹著吃，有葷有素，迎著暖和的春風，吃得自在。

田頭是捧著碗吃飯的長工，他們每天中午都有道葷菜，有時候是馬鈴薯燉雞，有時候是白菜燉豬肉，飯菜委實不錯，不過這會兒看著裴殊，眼裡難掩羨慕。

瞧裴大人，竟然還為夫人做飯！

一個男子，會做飯，還抱孩子，雖然可能很大一部分原因，是裴殊有個天仙似的夫人，但是他們是不是該學學？

這簡直是男子表率！

潤餅麵皮就帶著一點甜味，顧筠撕了小塊麵皮給六斤，他還沒長牙呢。

清韻還在烙餅，吃一張薄餅也就兩分飽，一人得吃好幾張呢！

清風徐過，長工吃完飯又開始勞動，顧筠得帶著六斤回去睡午覺了。

裴殊捏了捏兒子的小手。「我忙完就回去，等我。」

六斤在車上睡著了，他趴在顧筠懷裡，隨著馬車晃來晃去，睡得極沈。

顧筠發現在馬車裡，六斤入睡得更快，想著要不要給他做一張搖床。

回到宅院，顧筠讓清韻送些潤餅給李夫人，然後回屋守著六斤午睡。

他已經會翻身了，若不放人守著，他自己就能翻下床，剛出生的孩子天不怕地不怕，要是真摔著，人得磕傻了。

這麼個小娃娃，顧筠哪裡捨得讓他受罪，日夜守著也願意。

她也發現了，自從有了孩子，六斤就吸引了自己大半心神。

初為人母，她不知該怎麼帶孩子，有時候看著六斤左看右看一臉好奇，她就會想，裴殊小時候是不是也是這樣？從一個懵懂稚兒，長大到現在這般，成了為六斤和她遮風擋雨的父親和夫婿。

王氏把潤餅熱著吃了，她比顧筠清閒不少，因為有兩個嬤嬤帶著孩子，不用她餵奶，不用她照顧，只要想孩子的時候抱過來看一看就成，久而久之，王氏心裡空落落的。

她都不知道兒子哭過幾次，何時學會笑，也不知道嬤嬤們是怎麼照顧他。

她出月子之後看著顧筠逗六斤，也試過逗稻子。可是，排除稻子比六斤小一個多月，她逗兒子，一點反應都沒有，而面對奶娘，稻子顯得更親暱。

王氏心裡不舒服，雖然知道大多勛貴之家都是這麼養孩子，只是等孩子長大了、懂事，才告訴他誰是母親，就算長大了，也不養在後院，而是去前院學習讀書。

王氏同李昱霖說起這件事的時候，李昱霖並不同意把孩子帶屋裡來養。「孩子過多同母親親近，性子會軟弱，慈母多敗兒，而且，養在咱們屋裡，會影響咱們休息。」

李昱霖喜歡孩子，雖然沒抱過，但知道多子多福，他希望多生幾個孩子。

他不納妾，王氏總得多生幾個才行吧？

王氏眼中有淡淡的失落。「我聽夫君的。」

李昱霖道：「妳放心，等他懂事了，我會親自教他讀書，白日妳想他了，可以多帶。」

「……我知道了。」王氏低下頭，她得趕緊養好身體，然後趁著年輕多生幾個。

裴殊暫時沒考慮過生第二胎的問題。

他覺得帶六斤就有些吃力，他們兩個帶孩子，夜裡得換尿布、餵奶，而且顧筠剛生了六斤，身體還沒養好，不急著要孩子。

再來，裴殊也想等六斤長大了，問他的意思。如果有別的孩子，肯定會爭奪六斤的寵愛，裴殊也沒法做到一碗水端平。

有了孩子，裴殊就容易多想，但回家一看，六斤躺在床上翻來滾去，笑得露出兩個牙，也沒穿褲子。

顧筠冷著臉道：「還笑！夫君，你不知道，我剛給六斤換好衣裳，結果他又尿了！」

外頭曬了一堆尿布、衣裳，春玉她們一天到晚都閒不住！

裴殊看著床上的光屁股小娃。「那個阿筠，先幫他穿上吧，以免他尿床了。」

顧筠瞪了六斤一眼，替他包上尿布。「本還想幫他弄個搖車呢，現在倒好，啥也不弄了。」

裴殊絕不在顧筠氣頭上時，為六斤說好話，他現在睡得沒有小時候多，一天到晚精力十足，有時候他和顧筠睏了，六斤都不睏。

顧筠給六斤換了尿布，六斤蹬著腿，揮著蓮藕似的小胳膊，裴殊伸手碰了碰。「阿筠，妳看他像不像小王八！」

還是翻不過身來的小王八。

顧筠忍俊不禁。「哪有這麼說的……他是小王八，你是什麼？」

六斤費力地翻了個身，然後又翻了回來，顧筠替他蓋上小被子。「夫君去問問哪兒能做搖床，他今兒頭一回坐馬車，睡得特別快。」

有了搖床，興許好哄一些呢！

裴殊道：「欸，我明兒去問問。他倒好，啥都有。」

顧筠覺得六斤在的時候什麼都備齊了，等老二出生就能用舊的。「六斤的弟弟妹妹還能用呢。」

裴殊聽顧筠提到六斤的弟弟妹妹，也想跟她說清楚自己的想法。

「阿筠，咱們別那麼急著要老二好不好？先好好帶六斤，等他懂事了，再想老二的事。妳生孩子挺疼的，一來我不想妳再遭罪，二來我的生活也不能總圍著孩子轉，孩子是妳我生命的一部分，卻不是全部，對不對？」裴殊也沒把握一定帶得好孩子，現在醫療不發達，孩子出生連疫苗都沒有。

幼兒長大很難，有很多孩子還沒長大就夭折，連名字都未申報戶籍。

裴殊看著撲騰的六斤，眼裡有一絲擔憂。

他和顧筠的孩子……顧筠說得不錯，平安健康就行，不求別的。

六斤玩到戌時就睏了，顧筠把六斤放在床上，小娃娃躺在小枕上，呼吸勻長。

裴殊趴在床上看了看，又動了動六斤的手，看兒子睡得沈，他才放下心來。

裴殊勾住顧筠的手指，欺身吻了過去。「……六斤可算睡了，他怎麼一點都不體諒當爹的呢？」

孩子三個多月時，兩人睡覺都得偷偷摸摸的，顧筠起初不願意，更不願意把孩子送到春玉她們屋裡去，可耐不住裴殊訴苦。

「阿筠，妳看看我啊，這都一年了，難道我要吃齋念佛？六斤長大了，只能去少林寺尋我了。」

顧筠無奈道：「哪有你說得這麼誇張，少林寺又是哪兒？」

裴殊道：「只是一個寺廟罷了，但妳不疼我，我真是出家算了。」

顧筠有些難以啟齒，她其實也有點想裴殊，但是六斤在，她不好意思，難為情極了。

但裴殊軟磨硬泡，顧筠也就半推半就地答應了。

裴殊說：「就等六斤睡著了，若是關鍵時刻醒了，我去哄他。」

顧筠點了點頭。

孩子在身旁，她放不開，咬著牙關連聲也不敢洩出來，裴殊也不逼她，其實他也有些羞恥，心想等六斤大一點了，就讓他自己睡。

這一晚胡鬧，顧筠又起晚了。

裴殊一早把六斤抱出來，換了乾淨的尿布，然後把昨天存的母奶給臭小子喝。俯身親兒子光滑的臉蛋，又親顧筠，一大一小親夠了，這才出門。

今年春種更快一些，他今天去看蟹苗，指導百姓怎麼養，怎麼放。

養螃蟹比種水稻賺錢，就算沒人收，裴家也能要，灌湯包裡面加蟹黃包，雖然價錢貴一些，但盛京有錢人多，肯定賣得出去。

而且顧筠今年能吃螃蟹了，裴殊也可以吃，自然要多養！

還有魚蝦，裴殊是覺得吃魚蝦好，六斤越來越大，也能吃些肉。

裴殊問過老大夫，孩子多大能吃輔食，老大夫說平民百姓家沒那麼多講究，什麼都吃，磕磕碰碰也養那麼大。要是嬌貴些，多喝一陣子的奶水，搭配米糊之類的，肉還是少吃，吃的話弄成糊狀。

裴殊就炒了一小盆大米，然後磨成粉，用熱水一沖就能泡開，打算之後給六斤吃，眼下還是先以喝奶為主。

這會兒也沒有奶粉之類的，不過若是有，這孩子肯定吃得多。

幸好你娘會賺錢，不然還養不起你呢！

裴殊捏了捏六斤的耳朵。「過幾天再給他試米糊，不然放的時間長了只能餵雞，我喝著味道還行。」

挺香的，有點像大米粥的味道，要是裡面加肉末應該好吃。

顧筠點點頭，說道：「他這般小，什麼都沒吃過，肯定吃啥都是好吃的，有時候我吃飯，他眼睛還一眨不眨地盯著看呢，就是個小饞貓。」

裴殊道：「等他再大一點，咱們回盛京，也讓他姑姑、姥姥看看。」

顧筠道：「可裴湘……」

裴湘已達議親的年紀，雖然徐氏不至於在裴湘婚事上作文章，但他們本來春種結束應該回去看看。

裴殊一思索，便有回去的打算，反正這邊沒事，等秋收就成，還有小半年呢！

「要不還是回去看看？馬車走慢一點就成，回去之後看情況，需要我過來再說。」

士農司比其他官員更活絡一點，也就是說自由度很高，裴殊打定主意，這邊的事留給李昱霖，準備三月底回京。

正是春暖花開的時候，馬車上慢一點，也不會受罪。

裴殊臨走前，正好收到從盛京寄來的賞賜，也就一起打包帶回去。

回去乘三輛馬車，一輛春玉他們坐，一輛顧筠、裴殊帶著六斤坐。還有一輛放行李衣物，其中大部分東西都是六斤的，包含孩子的衣裳、尿布、小毯子、小褥子，還有擦臉、擦腳的布巾，總之亂七八糟的一堆。

裴殊在路上倒是見識了兒子對搖床的喜愛，只要在車上，六斤就犯睏愛睡覺，看起來相當可愛。

因為沒有其他事，一行人夜裡就住客棧，一邊趕路一邊遊玩，花了一個月才回到盛京。

裴殊要進宮述職，顧筠帶著六斤去莊子裡的宅子。進了新家，六斤也不睏了，一臉好奇。

趙老漢這時才知道顧筠生了孩子，讓自家婆娘送來兩隻母雞。

因為顧筠，莊子的三戶日子越過越好，京城裡的鋪子生意紅火，家裡攢了不少錢，雖然比不上裴家的日子，但是比起以前，好太多了。

白氏有時候罵自己糊塗，她小孫子今年上學去了，功課挺好，幸好沒有入奴籍，倚仗著別人，還不如靠自己。

而李家做木工，女眷做拖鞋，日子並不比別人差。

莊子的地已經長出綠苗，地裡不見什麼雜草，池塘裡碧水涓涓，也是好景色。

裴湘知道顧筠回來了，就立刻趕過來，她來的時候六斤正睡著，白淨的小人兒躺在炕上。

「這就是六斤吧？舟車勞頓，可是辛苦了。」對於這個有血脈關係的孩子，裴湘是打心底疼愛。

好看，像嫂子多一點，以後肯定是個俊朗的公子。

顧筠笑了笑。「等過陣子帶他去國公府看看，妳兄長為官，不能落人話柄。」

孝悌忠信，為官者不能不孝，在莞城也就罷了，如今回來了，就去看看。

裴湘點點頭。「去去也行，不必多待。對了，嫂子，我親事定下來了，是兄長的下屬，路遠。」

路遠人有些呆，但為人正直善良。上個月裴湘出府上香，馬車壞了，是路遠幫忙修理，他也是個傻的，弄了一手泥。

裴湘記得嫂子叮囑的話，選夫婿要選看重妻子的男子。路遠雖是世家子弟，但是旁支，家裡人口也簡單，還有長兄。嫁過去的話，她和路遠就搬出去住，下半年成親。

顧筠道：「那也好，有妳哥盯著，他不敢胡來。」

裴湘也是想到這一層，才點頭答應的。徐氏還甚是詫異，她以為裴湘眼高於頂，非王孫貴族不嫁，誰知道就嫁了個普普通通的路遠。

裴湘待了半天，就趕回去準備嫁妝。

傍晚時分，裴殊從宮裡出來，他呈上水稻種植的冊子給安慶帝，又講述稻蟹共生的好處，糧產得慢慢提升，裴殊也不敢打包票，萬一說了大話又達不到，那得掉腦袋了。

安慶帝倒是欣賞裴殊這謹慎的性子，讓他好好休息幾天，賞賜了一番就放他回去了。

裴殊也不急著去士農司，因為農具、除草劑、除蟲劑這邊都有，士農司又不是吃乾飯的，沒了他不是不能運轉，於是他就休息幾天，在家帶孩子。

裴殊一回家，顧筠就告訴他裴湘親事定下來了。

裴殊就點點頭，這個妹妹他也不知道怎麼相處，反正虧欠太多，幸好有顧筠。

妹妹那邊由顧筠處理就好，他可以去一趟布坊，弄兩個新顏色的染料，就當作給裴湘添妝了。

這天顧槿過來看看小六斤。

顧槿實話實說。「四姊，這孩子長得可真好！」

也是因為爹娘好看，顧筠就不用說了，美貌在盛京是出了名的，裴殊若不是以前太過頑劣，不知有多少姑娘想要嫁給他。

這小子以後也是惹姑娘心碎的！

顧槿把見面禮帶了過來。「小姨給的。讓我多抱抱他，興許也能懷上。」

顧槿成了親，說話就有點不避諱了，她什麼都敢說，例如生幾個、啥時候生，還有給夫君納妾的事……

顧槿道：「我容不下，不會給他納妾的，現在他也黏著我，不信他有那個膽子。」

顧槿本就不是吃虧的性子，嫁了人之後把持中饋，婆婆也不管事，家裡都聽她的。

「四姊，妳也得當心著點，這男人，甭管家裡的飯多香，外頭的屎他都覺得新鮮。」顧槿吐了吐舌頭。「也不是說姊夫會這樣，就是當心點。」

裴殊身居高位，家裡只有顧筠，長相又好，不知多少人惦記呢！有的人就想做妾，使那狐媚子手段。

顧筠一噎，記下了。「妳放心，我會小心的。」她揉了揉顧槿的腦袋。「我這回應該不去莞城了，以後妳多來找我。」

若是南方有事，就讓裴殊自己過去。

裴殊，應該不會做對不起她的事吧？

想到這兒，顧筠一怔，她以前覺得納妾是理所當然的，若是裴殊納妾……

顧筠不願意，更不願想這件事，她無法想像裴殊對著別的女人笑，對著別的孩子扮鬼臉。

送走顧槿，顧筠有些鬱悶，她勸自己相信裴殊，又怕那種事真的發生。

等裴殊回來，他嗖一下衝進來，先親了顧筠一口，又抱著六斤微笑。「阿筠，我忘了洗手……」

顧筠道：「那你還不去！竟讓六斤瞎學！」

顧筠笑了，夫妻間最重要的就是信任，以後的事以後再說，她該相信裴殊的。

裴殊完全不知道顧槿來了一趟，讓自己在刀鋒上走一圈。他看手其實也不髒，不過接觸肥料，手上還有味道。

「是爹不好，爹臭到你了，但你不能嫌爹臭啊，爹還給你擦屁股呢！」裴殊把兒子放下，又去顧筠那兒轉了一圈。「妳也嫌我？妳怎麼能嫌我呢……」

顧筠嘆了口氣，推人出去。「行啦，你快去吧！」

回到莊子，吃得就多了，雞蛋、魚蝦啥都有，顧筠試著給六斤餵米糊，裡面加點雞蛋羹，六斤還挺愛吃的。

頭一回吃到奶水以外的東西，六斤好奇不已，只要顧筠餵，他就張著嘴接著。顧筠怕把他撐壞了，也不敢多餵，吃了小半碗就不餵了。

民間有句話「三翻六坐七滾八爬」，是指剛出生的小孩三個月會翻身，六個月就會坐起來，七個月會來回滾，八個月會爬了，越長越大，以後還會走，會說話，一點一點長大。

為人父母，看著孩子比昨日長大一點，都覺得高興。

入夏，天就熱了，顧筠也不拘著用冰，一天到晚屋裡都涼快。

她帶著六斤回侯府探望，顧老夫人抱六斤抱了好一會兒。

「好，好，這孩子看著靈透，像妳。」顧老夫人給了六斤一把金鎖，上頭寫著「福壽安康、平安喜樂」八個字。

老人家精神不好，說了一會兒話就睏了。臨走前，她拍著顧筠的手，輕聲嘮叨。「別往我這兒送東西了，青菜、草莓，我都吃不完。有了孩子就是當娘的人了，行事要更加有主見，祖母看妳過得好，就放心了。」

顧筠眼裡有淚意，她感謝老夫人，感謝這麼多年的照顧，有祖母，實乃她之幸。

出了老夫人的院子，顧筠又抱著六斤去看李氏。

李氏也準備了見面禮，一個金鎖，還有自己做的小衣裳、虎頭鞋。

而平陽侯下朝回來，直接來了李氏的院子，自從裴殊有出息之後，平陽侯就很看重這個女兒，時不時就來李氏屋裡宿一晚。奈何李氏就是小心謹慎的性子，她也不圖侯府的產業，每日晨昏定省，侍奉主母，一點逾越的舉動都沒有。

顧夫人雖然不爽平陽侯總去小妾那兒，但是李氏懂事，她也就不說什麼了。

李氏只圖兒子、女兒過得好，她都是當外祖母的人了，難不成還想著男女情愛之事？笑話！

等平陽侯看夠孩子，離開後，李氏對顧筠囑咐道：「以後不用常來，等妳弟弟成年娶媳婦了，娘就跟著他離開侯府。」

李氏這些年也有圖謀，給顧承霖娶媳婦也夠了，再說侯府的公子也會分到一些產業。

李氏道：「等那時候妳再常回來。」

顧筠卻是聽不進去這些，這是自己的母親和弟弟，怎能疏遠？

從侯府回來，顧筠出了一身汗。

六斤也熱得直吐舌頭，他還不知道怎麼表達熱的感覺，但顧筠給他換尿布的時候，他卻不願穿了，蹬著腿在炕上打滾，張嘴要哭。

顧筠打了他屁股一下，六斤還以為娘親跟他鬧著玩呢，嘿嘿直笑。

顧筠也熱，拿冰歇了好一會兒才緩過來，等裴殊回來，晚上就準備吃涼麵。

麵條煮後過涼水，然後多備幾樣滷菜，拌著吃就很好吃，而且吃起來還很涼快。

裴殊一口氣吃了三碗，六斤眼饞不已。

他知道爹娘在吃東西，他知道吃是什麼了，他好饞呀，為啥爹不給他吃呢？

裴殊吃完飯，又出了一頭汗。「今年雨水少，各處都在打水井、挖水渠，引河道水，士農司的水車賣出去不少。」

江河裡水多，得用水車引過來才行，裴殊又得忙一陣子。

顧筠道：「咱們家的池塘倒還好，水井水位是下降了一點，照這麼下去會不會出事？莊稼會不會有影響？」

盛京一帶水少，南方會不會受影響？南方種的可是水稻，水稻最缺水了。

裴殊道：「說不準，要是乾旱一個多月，對莊稼收成肯定有影響，不下雨就得多澆地，勤快點沒啥。」

顧筠微微放下心，她怕收成不好，皇上怪罪下來。

裴殊倒不擔心這個，當皇帝的人難道不知道種地看老天爺臉色嗎？收成好不好又不是他能左右的。

盡人事，聽天命。

裴殊拍了拍顧筠的肩膀。「沒事。」

這一乾旱就是一個多月不下雨，有些小溪小河幾乎乾涸，田地的麥穗曬得乾黃，不用等秋收，眾人都知道今年收成比不得去年。

直到八月才下了一場雨，久旱逢甘霖，但是八月中旬就準備要秋收了，這場雨實在有些晚。

八月中旬秋收，盛京一帶麥子畝產只有三百斤，顧筠的莊子畝產四百斤，還是因為家裡有小池塘不缺水的緣故。

倘若不是乾旱，畝產一定上得來。

盛京一帶畝產下降，就有人上奏，裴殊不堪為士農司司命。

安慶帝看著這些奏摺笑了笑，放置不理。

等南方莞城水稻畝產上來，安慶帝在朝堂上，讓趙德全唸莞城各地畝產。

「漳渝縣畝產三百六十斤，而河蟹畝產二百三十斤……莞城一城畝產三百四十斤。」

安慶帝臉上帶著淡笑。「諸位愛卿還有什麼想說的嗎？裴殊不堪為士農司司命，那誰適合那個位置，你們敢保證，坐上去了，哪年大水大旱，畝產沒前一年高，就能提頭來見嗎？」

此話一出，鴉雀無聲。

安慶帝垂下眼。「想摘桃子，也得看看自己有沒有那個本事。」

裴殊位置坐得很穩，安慶帝還給了一些賞賜，而今年留的麥種，是皇家小麥三號。

水稻也有了名字，留種的是皇家水稻二號。

而莞城一帶，百姓不僅迎來大豐收，還把稻田裡的螃蟹運往各地。秋日正是吃螃蟹的時候，秋日賞菊吃蟹，一斤螃蟹二、三兩的二十文一斤，五、六兩的賣五十文一斤。

一家有十幾畝地，就能賺五、六十兩銀子，他們何時賺過這麼多錢。

莞城百姓真的富裕起來了，裴殊以一己之力，就帶動整個城的百姓賺大錢。

漳渝縣縣令還有一年任期期滿，他也算立了功，明年必定能調回京。

螃蟹要是運到京城，只能養在水箱裡，到盛京的時候有些死了，有些還活蹦亂跳的。

盛京辦了好幾場菊花宴，賞菊吃蟹，也是一種樂趣。

顧筠參加了兩場，作為誥命夫人，她也得「合群」一些，不然會讓諸多人看不慣，也因為裴殊的緣故，參加宴會沒人敢為難她。

大概是婦憑夫貴？

盛京的人也不知道是該羨慕顧筠還是該羨慕裴殊，你說若是沒有顧筠陪著，裴殊也沒有今日；沒有裴殊，也不會有顧筠今日。從前誰都不看好的姻緣，竟然成了人人羨慕的金玉良緣。

連帶著裴湘，還有侯府幾個姑娘都水漲船高，你說這算什麼？人還真得相信命運這個東西。

倘若裴殊沒有改好，還是賭錢喝酒，那日子……不提也罷。

參加完菊花宴，顧筠還帶了點菊花點心回來，這些點心做得好看，白玉色的糕點上嵌著金色的菊花花瓣，聞著還有淡淡的菊花香。

家裡還做了蟹黃包，蒸了螃蟹。

裴殊吃了口菊花糕，表情怪怪的。「阿筠，這個也不怎麼好吃啊。」

顧筠道：「文人喜歡這個，賞花吃花，味道其實不太好。」

六斤爬過來，仰著頭想嚐糕，裴殊塞了一小口給他，六斤皺著眉，抿了抿艱難地嚥了下去。

顧筠笑了笑。「不好吃就別吃了，蟹黃包味道還不錯。」

蟹黃包能賣半個多月，一籠包子比灌湯包貴多了，一屜要半兩銀子。

賣得貴，買的人卻挺多，有人愛吃蟹，卻不喜歡剝，蟹黃包一度賣得很好。

進入九月，螃蟹就沒了，顧筠看了帳本，八月分利潤有一千九百多兩。

顧筠又為六斤添了臺嬰兒車，下頭四個輪子，能推著走，上面有紗布做的帳子。如果太陽大，就能把帳子放下來，還能防蟲呢。

這嬰兒車是李老頭做的，做完之後顧筠覺得不錯，準備多訂做幾輛，拿出去賣。賣多少顧筠也不在乎，家裡現在也不缺銀子。

顧筠又買了兩個莊子，她覺得錢存著沒用，不如買田地，置辦些家產。

裴殊一律不管這些事，做生意他腦子沒顧筠好，頂多管理莊子要種啥。

九月中旬，裴殊過了生辰的第三天，裴湘出嫁，從閨閣少女到嫁作人婦。

顧筠去參加喜宴，看新郎官樂得飄飄然，腳步都不穩，看見裴殊還差點行了個大禮。

「兄、兄長！」

裴殊道：「又不是沒見過，不必多禮，以後對我妹妹好點。」

路遠還有點結巴。「我知道的，爹娘都很喜歡阿湘，盼著她嫁過來。我也知道，對阿湘好，不納妾，不沾壞東西！」

裴殊揮揮手。「行了、行了，敬酒去吧！」

他看喜宴上吃的還不少，有顧筠愛吃的荷葉飯，還有六斤愛吃的蝦。不過，今兒參加喜宴，不好帶孩子過來，就把六斤留在家裡了。

夫妻倆帶大的孩子，除了他倆誰都不認，裴殊、顧筠只能趁著六斤睡著了，偷偷跑出來，估計兒子這會兒正在家裡哭呢！

裴殊帶兩隻蝦回去，打算哄孩子。

吃過喜宴，顧筠和裴殊就打算回府了。

英國公也在，他張望著，快步走過來問：「六斤沒來嗎？」

裴殊道：「嗯，帶他不方便，就留在家裡了。」

英國公笑了笑。「這樣啊……」

裴殊說：「父親，若無其他事，我們就先回去了。」

英國公神色訕訕。「哎，回去吧。」

裴殊拉著顧筠的手。「六斤哭了幾回啊？估計沒少哭。」

顧筠道：「他姑姑那麼疼他，把他放家裡怎麼了？回去餵點吃的，他還小，記吃不記打。」

裴殊伸出手。「阿筠妳看，我帶了兩隻蝦給他，這個好像是從海城運過來的，吃起來特別甜。」

顧筠也從袖袋裡掏出一個絲帕包著的小包。「我也帶了。」

夫妻倆相視一笑，裴殊越笑聲音越大。

「阿筠，有妳真好。」

番外一　裴時

作為爹娘的小寶貝，裴時平平安安長大到六歲，每日在莊子玩水玩泥，快快樂樂。

裴殊終於想起來，兒子該上學了。

其實顧筠早就提過這件事，但是裴殊想讓孩子快樂一點，不要違背當初生孩子的初衷，所以別的孩子三、四歲啟蒙，裴時一直拖到了六歲。

裴殊覺得六歲上學正好，而且，顧筠在家也教過兒子識字，裴殊覺得這就夠用了。父子倆的字是一脈相承，不知道的還以為字是裴殊教的。

顧筠默然。「……」

她盯著裴時練字帖，但裴時語重心長地說：「娘，妳要相信這個世界上有天賦一說，就是天賦高的幹啥都強，天賦差的付出一百倍努力也趕不上別人半分。」

顧筠問：「這話誰教你的？」

裴時挺了挺胸膛。「這是我自己悟出來的，而且我覺得自己這方面不行，肯定是有別的方面等著我。」

顧筠面帶微笑地問：「什麼方面？」

裴時一副「娘怎地這麼不了解我」的表情。「就像吃喝玩樂，我不都挺厲害嗎？」

顧筠很怕裴時變成一個紈袴子弟，但是除了愛玩嘴饞一點，其他方面裴時都很好——很貼心，跟他商量的、他答應的事都會做到；很孝順，有時還會幫裴殊捏肩捶腿；還是個開心果，正直有擔當。

但是，他的確到該上學的年紀了。

顧筠嘆道：「我管不了你了，讓先生去管吧。」

裴時道：「娘，妳這樣就沒意思了，我想和妳待著……」

裴時進書院讀書的第三天，先生就請裴殊去書院。

「裴大人，裴小公子我們教不了啊，實在是慚愧慚愧……」

裴時站在先生的屋子裡，他站得很直，不太明白為啥先生會這樣點頭哈腰不好意思。

「先生，這不是您的錯，您不用慚愧的。」

裴殊道：「你閉嘴。」

裴時閉上嘴巴。

裴殊問道：「先生，這是怎麼回事啊？怎麼說教不了，慄山書院遠近聞名，先生們都學富五車、才高八斗，教個小孩子那還不是綽綽有餘？」

裴殊也不管別的，一頂一頂高帽子往先生頭上戴，先生直擺手。

「愧不敢當，不敢當……令公子天資聰慧，去啟蒙班實在不妥。」先生擦了擦汗，裴時仗著年紀大，把一群三、四歲的小娃娃哄得一愣一愣的，根本不聽先生講課，只想著玩的事，他就不說了。

裴殊無奈道：「在家中時他母親教過他讀書識字，既然先生說不用學了，那就直接跟著同齡人讀書。」

裴殊使了個眼色，裴時道：「先生，我一定會用功的！」

先生繼續道：「令公子聰慧異常，若是把玩樂的心思放一半在讀書上，都會比現在成效好。裴大人為百姓殫精竭慮，小公子也當繼承您的衣缽啊！」

老先生言詞懇切，情真意切，裴殊嘴角抽了抽。「我回去一定好好說他！」

說罷，拽著裴時的胳膊出了屋子，然後去見另一個陳先生。

這回裴時很老實乖巧，陳先生讓他明日過來。

出了書院，裴殊嘆了口氣。

裴時心裡一緊，爹娘疼他，沒訓過打過，只跟他講道理，這回惹事，不會揍他吧？

裴殊道：「我兒子還挺爭氣，知道跳級，比你爹強啊。」

裴時疑惑。「啊？」

「我以前讀書不好，你看你爹現在寫字也不好看，當初要不是有你娘，你爹我就廢了，沒人要，被趕出家。你別的倒還行，就是沒你老子幸運，我能遇見你娘，你要是不讀書，啥都不會，以後能幹啥？」裴殊嘖了一聲。「真慘啊。」

裴時被裴殊的話嚇到了。

「不……不會吧，我讀書挺好的，娘教過我的，我都記住了，我會好好讀書的。爹，我就是覺得一天都讀書，太無聊了，有些東西我看一遍都背得下來，我像娘一樣聰明。你可能不知道這樣的感覺，就是簡簡單單，但是課又多，做完了都不知道幹麼，所以我才帶著那些小豆丁一起玩的……」

同學們還挺可愛的，喊他哥哥，排隊給他送零食，然後特別好玩。

裴殊無語。「……」

他不知道該吐槽哪一句，每一句他都無話可說。

六歲大的小屁孩，他知道什麼？

裴時仰頭，他繼承了顧筠、裴殊的好樣貌，長得很是俊朗，眼睛大，唇紅齒白。

「爹，回家怎麼跟娘說啊……」

裴殊道：「你這麼能就實話實說唄，六斤，我和你娘是這個世上對你最好的人，你得和我們說實話，你娘又不會打你。」

裴時應了一聲。「我知道。」

回家之後，裴時把在書院發生的事一五一十地說了，其實也不怪別的，就因為他有個來自異世的爹，什麼玩意兒都見過。

別的孩子鬥蛐蛐兒、玩紙牌，他已經玩上積木、拼圖和卡車飛機了。

隨便說一個，那群小孩就興奮得跟什麼似的，孩子王實在太好當了！

「娘，我知道書院是唸書的地方，那樣做是不對的，我會改的！」裴時就只差沒說重新做人了。

顧筠道：「知道錯就行了，洗手吃飯吧。」

裴時吞嚥口水。「吃啥呀？好香，娘，我肚子好餓啊，以後去書院能不能給我帶點吃的……」

顧筠在心裡嘆了口氣。「先生允許帶吃的嗎？」

裴時回道：「不知道，我明兒問問吧！要是能帶，娘給我帶啥啊？」

顧筠說：「不能帶油多的，給你帶焦糖味的瓜子、炒栗子？不過你得先問清楚，能不能帶，不許撒謊。」

第二天，裴時興高采烈地回來了。

「娘！能！書院裡有人中午在那兒吃飯，所以可以帶，只是上課不能偷偷吃！

「娘我要炒瓜子、炒栗子，還有松子肉乾！」

顧筠心想，他要的還挺多。

過了三天，裴殊又被書院先生請過去了。

陳先生請裴殊坐下。「今日請您過來不是為了別的，是想問問平時怎麼教裴時的，這個孩子可能……」

裴時雖然不會背什麼四書五經，但他記憶力好，背書很快，他這兩日倒是挺乖巧的，只不過……下課的時候就愛玩、愛鬧，帶著同學一起，明明沒有犯什麼錯，但影響課堂的秩序。

六、七歲的孩子，才兩天就只聽裴時的，不聽先生的，這可如何是好？

裴殊道：「那依先生的意思，裴時應該去哪兒？」

陳先生也為難，裴殊對百姓貢獻極大，他的孩子來讀個書都推三阻四的，這說出去得被百姓吐沫噴死。

裴殊想法不一樣，哪怕他的兒子像他以前一樣不著調，百姓也會覺得，裴時有回心轉意的一天。

裴殊的兒子，好像就該大器晚成一樣。

但裴時還不是這樣，不淘氣，不搗亂，只是喜歡帶著一群小孩子玩。如果這樣就說他不適合讀書，也太……

裴殊嘆了口氣。「不然往上跳兩級，這孩子在家的時候，做什麼事，我和他母親都會跟他商量著來，沒把他當小孩子，興許是因為這樣，回去之後我也可以跟他溝通，別影響同窗讀書的秩序。」

陳先生同意了。

裴時這回耷拉著腦袋。「爹，我是不是犯錯了？」

裴殊道：「也不算犯錯，就是你和別的孩子不太一樣，他們沒學過的東西你學過，你不會的學起來又快。六斤，你很聰明，爹希望你自由自在，但讀書是好事，有很多人想讀書還讀不起呢，你有機會讀書是一件得之不易的事。所以呢，你要是都聽懂了，就和陳先生說，咱們去學別的，好嗎？」

裴時點點頭。「行呀，那些小娃娃也沒什麼好玩的。爹，以後如果有弟弟妹妹也是這樣嗎？」

裴殊一噎，他和顧筠帶六斤，帶了這麼大，雖然平日裡不少性生活，但是一直沒有孩子。

六斤平安長大，夫妻倆也知足，老二啥時候來就看天意。

反正夫妻倆還年輕，一切順其自然，有六斤一個就挺好的了。

裴殊說：「有的話應該是小小一隻，說話聲音軟軟的，會喊你兄長、哥哥。如果是弟弟，可能喜歡玩你的玩具；妹妹的話，估計不怎麼愛和你玩。」

裴時拉著父親的大手，心裡有點興奮，裴殊和他說過，有了弟弟妹妹，分給他的愛就會少一些。

裴時也怕有人會分走爹娘，但是想一想也挺好的，爹娘對他這麼好，弟弟妹妹應該也會吧。

回到家中，裴殊說了兒子要跳級的事，顧筠想了想，覺得也沒啥壞處，但是那麼大的人，早早唸完書去做什麼呢，跟著裴殊？

頭一回，為了兒子的未來，顧筠擔心得睡不著覺。

裴殊安慰道：「兒孫自有兒孫福，他只是人小鬼大，咱們引導得還行，不會出事的。」

顧筠翻了個身。「健康快樂就好。」

她寧願孩子不那麼聰明，每天只想吃喝玩樂，沒想到，還是這樣。

次日，顧筠給裴時收拾好東西。「吃的都在這裡，餓了就吃，對朋友大方一點，分給他們吃一些，知道嗎？」

裴時回道：「知道了……可是他們的吃食，沒有娘做得好吃。」

顧筠又道：「這不是我做的，是春玉做的。」

裴時道：「哦，那就分一些吧，娘做的吃食，只有咱家人可以吃的。」

對裴時來說，背書不難，他學得快，慢慢地身邊的人從跟他一般高，到比他高一點，最後比他高好多。

十三歲的裴時，多了個小妹妹，和爹說的一樣，會軟軟地喊他哥哥。

再後來，裴時沒有跟著裴殊，而是去了西北。

戍守邊關，一生戎馬。

對於百姓來說，裴殊是他們的恩人。

讓他們富裕起來，手裡有了餘錢，讓邊關將士吃飽穿暖，這些恩情，無以言謝。

他們以為裴殊的孩子會像他的父親一樣，成為百姓眼中的英雄，繼續增加糧產，把一生奉獻給土地，結果裴時參軍去了。

初入軍營，裴時十五歲。

因為年紀輕，在家裡沒吃過什麼苦，細皮嫩肉的，到軍營半個月就叫苦不迭。

怎麼可能不喊苦？

裴時習慣把什麼事都說出來，但是軍營無人知道他的身分，喊疼喊累都沒用。

千嬌萬寵的小少爺，哪受過這種罪？

西北風沙大，天寒地凍，裴時常常從泥坑裡滾，他也沒練過，咬牙才能跟上別人，一天下來，腿疼得好像不是自己的。

練兵結束，裴時拖著疼痛的身子回軍營。

在軍營，新兵就是十幾個人擠一間帳篷，頭挨著頭，腳貼著腳，練完兵身上還疼呢，再說天冷，誰會把自己弄得乾乾淨淨。

起初，裴時還因為這個被人說道，後來他有心乾淨也沒精力了，練完兵恨不得回來躺著。

軍營裡伙食還不錯，有饅頭和燉菜。這邊天冷，隔兩天還能吃到一回炒青菜，有時候是炒雞蛋，趕上好日子，能吃純燉肉。

而且這裡的香料包有裴家的生意，裴時也覺得味道不錯。

好日子並不是指逢年過節，而是上戰場殺敵前，若是打了勝仗，回來也能吃一頓，只是……

回來的時候，身邊兄弟有的就不見了，然後會有新人搬進來。

裴時也不知道，自己會不會有一天也和那些人一樣，就回不來了。

裴時想了想在戰場上發生的事，有敵人的血，自己人的血，漫天血色。

前一刻還是活生生的人，下一刻就死在自己面前。

裴時第一次殺人，回來一口肉都沒吃，腦子裡全是殺人的情景，心還在顫慄。

營帳裡有老兵，對這種新兵見怪不怪，他們手上沾了血，按人頭論功行賞，護衛國家的人，哪有手上乾乾淨淨的？

他們頭一回殺人的時候，也不想吃肉，感覺手上沾了血，就噁心想吐，到後來，一次次死裡逃生，不知道下回葬身何處。

吃一頓少一頓，誰捨得不吃肉啊？

裴時眼眶有些紅，他仰頭躺在床上，不敢閉眼。

他想家了，想娘的懷抱，想爹跟他講大道理，想聽妹妹軟聲叫他哥哥。

他說要去參軍，父親只問了他，需不需要透過關係，讓他去小安王的手下。

裴時搖頭說不用，他既然來參軍，就不會因為選擇走捷徑。爹娘總說世上沒什麼捷徑可走，走到最後都是靠自己。

但現在，裴時想家了。

他不過才十五歲。

裴時兩天吃飯都沒胃口，肉全給別人吃，年底新兵也不能回家。

最終，裴時還是走了後門。

小安王讓裴時做了護衛，帶他回京。

裴時見到顧筠就哭了，男兒有淚不輕彈，只是未到傷心處，裴時抱著顧筠，眼淚都流到衣服裡去了。「娘，兒子好想妳！」

顧筠笑了笑。「多大的人了，還哭，快去洗一洗。」

裴時吸了吸鼻子。「無論兒子多大，都是娘的孩子。」

妹妹裴阮還沒裴時的腿高，今年才兩歲，她站在顧筠的腳邊，仰頭看著。「哥哥，哥哥，別哭啦！」

裴時擦掉眼淚，伸手把裴阮抱起來。「軟軟，妳想哥哥了嗎？」

裴時一走就是大半年，其實裴阮已經不記得他了，是娘跟她說這是她哥哥，但他哭得好可憐。

裴阮撒了一個善意的謊言。「想了。」

裴時深吸一口氣。「小妹，哥也想妳！」

兒子大了，出去一趟有什麼跟以前不一樣了，裴殊拍了拍兒子的肩膀。「行了，不嫌外面冷，快進屋吧。」

裴阮乖乖待在哥哥的懷裡，她不記得人，但知道哥哥是個好人，就是有點凶，抱她好緊啊。

裴時心裡難受，裴阮對他來說，不僅是妹妹，感覺有裴阮，他心裡就沒那麼害怕，這是他的妹妹，他想保護的人。

他在西北就不害怕了。

裴阮貼了貼哥哥的臉。「要過年啦，娘！」

她不想讓哥哥抱了，要娘親。

顧筠問：「回來了先歇兩天，有什麼想吃的嗎？娘做給你吃，可說了何時回去？」

裴時回道：「初五就走。」

他在家也將將待七天……

沒事，還有七天呢！

顧筠道：「那還有好幾天呢，想要吃啥？」

裴時胃口不好，搖了搖頭。「沒啥想吃的。」

顧筠和裴殊對視一眼，覺得不太對勁，他們心裡知道自己兒子什麼性子，一向最愛吃的人，怎麼會說沒啥想吃的？

顧筠帶著兒子、女兒進屋，然後讓六斤帶著女兒，自己出去和裴殊說話。

院子裡幾年前栽了一株梅花，現在長了花苞，顧筠看著梅花。

「六斤在西北發生了什麼事，怎地什麼都不想吃了？」

裴殊不懂這種感覺，反正六斤離家半年多，變了不少，長大了，有心事了。

顧筠沈思片刻。「會不會因為是……他在西北肯定會打仗，他那個孩子……」

裴殊明白顧筠是什麼意思，打仗肯定會死人，殺人。

裴殊他們在盛京，遠離戰火，而裴時才十五，就要上戰場殺人，可是，像裴時那麼大的孩子也不少，很多人都留在那裡，連家都回不去。

臘月二十七，裴時的生辰，吃了一桌素菜。

很清淡，但是裴時明白爹娘是什麼意思。

顧筠道：「過生辰又長一歲，在外頭有什麼不舒服的，你別忘了還有家裡，爹娘都在。」

裴時道：「娘……」

裴殊笑道：「你要是不想去西北，那就不去了，沒什麼大不了的，有我們呢！」

他和顧筠的心願就是希望裴時快樂，裴殊也有私心，倘若裴時不想去西北了，那就不去。

裴時張了張嘴。「爹，娘，我年後還是會走，這次回來看看你們。」

別人都行的事，他沒道理不行，只是不習慣罷了，慢慢會好的。

守著西北，他還挺高興的，這是父親、母親守護的土地，他也想守著這片土地。

「娘，明天吃肘子吧，我想吃肘子了。」

年後初五，裴時跟著小安王回西北，路上風雪侵人，冷得厲害。

裴時回過頭看著盛京，景色越來越遠，他以後還會回來的。

這一別，再回家已是三年後，裴時身上添了不少傷，在家裡待了幾日就回西北。將軍百戰死，壯士十年歸，裴時手上的人命越來越多，他不再想那些慘死的人，和平本就是用人命堆出來的。

自從裴時聲名遠播，提起裴將軍，百姓只能想到那些勝仗。

裴大人讓他們吃飽吃好，裴將軍保護他們平安——裴家父子是御朝的守護神。

百姓是知恩圖報的，每每裴時回來的時候，都帶著一堆東西去相迎相送，有雞蛋、麵餅……

看裴時回來都眼淚汪汪，他們的小將軍一身銀甲，眉眼間有些許戾氣，他騎馬而來，髮絲隨著風飄揚，就好像戰神下凡。

裴時十八歲，裴阮才六歲，人還是矮，小豆丁一個，他常年不在家，妹妹只知道有他這個人，但見了面都不知道喊人。

「軟軟，我是你哥哥。」

裴阮仰著頭。「哥哥？」

喊完，她哇的一聲哭了，兄長離家，爹娘都擔心，有時候娘還會偷偷掉眼淚。

「哥哥，你這次回來能不能不走啊……」
裴時搖搖頭。「哥要守著御朝，守著你們。」

番外二　裴阮

裴阮是裴殊、顧筠成婚十五年出生的，彼時顧筠已經三十一歲，裴殊三十三歲。

起初顧筠有孕，裴殊很擔心，雖然妻子年紀不算大，但這個年代的人基本不長壽。不過，他的擔心有點多餘，顧筠從懷孕到生產，一直很順利。

十月懷胎，一朝分娩。

顧筠生下了一個女兒。

小孩兒閉著眼睛，乖巧躺在襁褓裡，女兒和兒子不一樣，哪裡都是香的、軟的。

裴殊就給孩子取名叫軟軟，大名裴阮。

對兒子沒有那麼多的期盼，對女兒就更沒有了，裴殊和顧筠只希望女兒能平平安安長大。

兩人對兒子就寵溺，對女兒更不遑多讓，別說打罵，大聲說句話都捨不得。

而裴阮，比她兄長要乖巧得多。

她喜歡待在顧筠旁邊，聲音細軟，紮著兩條小辮子，像年畫裡的小娃娃。

裴阮生在九月，那時莊稼豐收，風吹著麥浪，百姓沒有那麼困苦，每個人臉上都有喜氣。

顧筠照看著裴阮，不禁想女兒長大會是什麼樣子？這個孩子以後是像她多一點，還是像裴殊多一點？

顧筠不希望女兒個性像自己，她以前過得很累，不希望女兒像她一樣。

裴阮越長越大，變得很討喜，她愛笑，被眾人寵大的小姑娘，看什麼都感到好奇，一開口全是問題。

兩歲的時候，裴阮已經能說很多話了。

「娘，為什麼喊娘作娘，喊爹作爹？」

顧筠也解釋不清，打她記事起就這麼叫了，哪裡問過為什麼。但是裴阮年紀小，仰著頭問她，只覺得可笑又可愛，小小年紀腦袋裡裝的都是好玩的東西。

顧筠只能盡力去解釋。「妳也可以喊我做母親，但是沒有喊娘那樣親暱。妳看，這個字是一個女，一個良，代表給妳糧食的女人，軟軟是娘餵大的，所以就喊我娘了。」

裴阮似懂非懂，顧筠怕她再問，便道：「那為什麼米糊叫米糊，豬肉叫豬肉，雞腿叫雞腿呢？軟軟妳好好想想。」

裴阮人傻了。「啊？」

顧筠仗著年紀大，逗得毫無壓力。「不懂的話就去問妳哥哥，他比妳大，懂得多。」

裴阮道：「娘，娘！我不想跟哥哥玩……他、他……」

顧筠靜靜等著她說完。

裴阮有些結巴。「就是哥哥他不愛和我玩，我、我也不想和哥哥玩！」

裴時和妹妹相差十二、三歲，當稚嫩的樹苗已經長大，而妹妹還是株小草，兩人說話都說不到一塊兒去。

裴時也挺疼愛這個妹妹，並沒有因為裴阮的出生就覺得爹娘不愛自己，可是他有別的朋友、夥伴，每日上學下學，哪有那麼多時間陪裴阮這個小豆丁。

裴阮喜歡撲蝴蝶，過家家，吃點心……而他，想要的根本不是這些。

每當裴阮眼巴巴地看著他，他不好意思拒絕，所以只能躲著，要不就是等裴阮睡著了，他看看妹妹。

睡著的妹妹可愛多了，裴時能待半個時辰。

盯著妹妹憨甜的睡顏，裴時也很難過，但他怕以後更難過。

顧筠不知道怎麼和女兒說，但女兒癟著嘴，眼裡含著淚，使勁吸鼻子不讓眼淚掉下來，模樣可憐極了。

裴阮伸出手把眼淚抹掉。「哥哥不喜歡我就不喜歡我吧！哇……」

「哥哥沒有不喜歡妳。」顧筠抱著女兒去接裴時放學。

寫著裴字的馬車停在慄山書院門口，等放學時間到了，一群穿著白色長袍的學生從書院門口出來，閒談打鬧，言笑晏晏。

裴阮趴在車窗邊，想從人群裡找出兄長。

裴時下學之後跟著同窗飛快地出來了，看見停在門口的馬車。

「裴兄？」同儕問。

「我家裡人，你們先回去吧！」裴時擺了下手，快步走過去。「娘，軟軟，妳們怎麼來了，爹呢？」

裴阮賭氣似地背過身去，三頭身的小娃娃，還坐著。

如果這不是裴時自己的妹妹，他會覺得裴阮像個矮冬瓜。

裴時摸摸鼻子，心裡覺得這樣不太好，他竟然說軟軟像冬瓜。

顧筠看了眼女兒。「沒什麼事，過來接你下學，你爹還在士農司呢。」

裴時伸手逗軟軟，想捏捏她的臉，結果裴阮轉頭躲到顧筠身後。「哼！」

裴時疑惑。「怎麼了？我沒招惹她呀。」

顧筠道：「軟軟想你了，想和你玩。」

裴阮立刻道：「才沒有！」

裴時俯下身，笑著問：「軟軟，想哥哥啦？」

裴阮道：「沒有！你好煩，我都說了沒有！」

裴時納悶。「娘，她這是怎麼了？」

顧筠把裴阮抱起來，讓兒子上車。

馬車慢悠悠地走著，裴阮趴在顧筠懷裡，不知不覺就睡著了。

「她想你，知道哥哥你有那麼多的朋友，心裡不高興罷了。」顧筠道：「小孩子脾氣。」

裴時哎了一聲。「我也跟她玩啊，我每天晚上還看她睡覺呢……」

顧筠道：「娘不想把自己的想法強加到你身上，但是，你就這麼一個妹妹，血脈至親。有朝一日我和你爹都不在了，只有軟軟陪著你，她有時候是挺煩人的，但是你……」

裴時看看顧筠，又看看裴阮，心裡並不好受。

他沒有不喜歡妹妹，只是年歲相差太多，玩不到一塊兒，但妹妹是給他玩的嗎？

裴時想著，然後搖了搖頭，並不是。

妹妹不是陪他玩的，她自小對他有兄長的依賴，但裴時不敢讓軟軟離他太近，他怕分別。

自己的親妹妹，怎麼可能不喜歡？如果不喜歡，他怎麼會每晚守著裴阮睡覺呢？

裴時嘆了口氣。「娘，我打算參軍。」

顧筠詫異地抬起頭，裴時道：「這我還沒和父親說過，是自己的打算。」

倘若一直和裴阮待在一起，等他去西北，裴阮一定會哭的。

顧筠嘆了口氣。「先回家吧。」

裴時把裴阮接過來，抱到懷裡，妹妹才兩歲，根本不懂什麼是分別，只是等他走之後，小姑娘不會一直哭鼻子。

他很喜歡軟軟。

寒來暑往，十五歲的裴時參軍遠赴西北，裴阮找了哥哥兩日，哭了幾回，就慢慢忘了有這麼一個人。

後來裴時幾次回來，裴阮都躲在顧筠的身後，裴時也不常與裴阮說話。

裴阮只記得，那個哥哥，在家裡待幾天就走，好像這兒不是家，而是一個客棧。

問母親，母親就說：「妳兄長在妳兩歲的時候，就去西北上戰場殺敵，過年的時候興許能回來，也許……」

裴阮大概明白「也許」兩字之後是何意，也許回不來。

回到自己院子，裴阮忍不住大哭。

她想哥哥了。

六歲大的裴阮時常坐在家門口，等一個人回來，只是門前有偶然經過的人，有飛馳而過的車馬，有停下來的鳥雀，卻沒有那個策馬狂奔的少年。

哥哥什麼時候才能回來？軟軟想哥哥了。

後來，裴阮越長越大，出落成亭亭玉立的少女，那些心事思念不與人說，全化作筆下一字一句的家書，以及襪子、鞋子、衣裳，經歷千里路程，寄到西北去。

再後來，等裴時回來的時候，裴阮能走到他跟前去，喊一聲哥哥。「你看你，又瘦了，身上是不是有傷，怎地這麼不小心？」

裴時揉揉小姑娘的頭。「沒受傷，好好的，妳哥我功夫了得，誰能傷得了我？」

裴阮道：「刀劍無眼，你自己不當心，那能有什麼辦法，你也想想我，想想爹娘……」

裴阮十二歲，小姑娘愛嘮叨，說話一句接著一句，根本不停。

「哎呀，好了、好了，別唸了，我不是好好的嗎？」

小姑娘，怎麼跟個老太婆似的。

裴阮說：「好好的是好好的，誰知道我下回等不等得到你……」

裴時投降了。「好了、好了，是我的不是，我難得回來一趟就沒從馬背上下來過，妳還唸我，妳說說妳……」

裴阮眉毛一豎。「我怎麼啦！」

裴時道：「越大越好看，越長越標緻，不愧是我的妹妹！」

裴阮嘴角抽了抽。「好啦，都等你回來吃飯啊，想吃什麼就說，要不要吃娘燉的大肘子呀……」

裴時點頭道：「我都快想死了，路上光啃乾糧，都要餓死了。」

裴阮撇嘴。「你快回家看看嫂子和小姪子吧，他總哭，我都哄不好。嫂子坐月子出不了門，還不快點。」

裴時早想問妻兒的狀況，家書上個月寄到，他當爹了。他覺得對不住妻子，不能長久陪著她。

「我這不剛回來嗎？她有沒有怪我啊……」

裴阮道：「才不會，我們都不會怪你。」

就如當初一樣，娘說你怕我跟你太親，所以故意不跟我玩，等你參軍之後，沒兩天我就把你忘了。

你也沒怪過我。

——全書完

2022年6月出版

九流女太醫

文創風 1073～1074

他背負著痛苦和失敗重生，潛身翰林院圖謀大事；
她是半調子醫女，進宮不求出人頭地，只求有個鐵飯碗混口飯吃。
相逢並非偶然，命定的聯繫讓他們亦敵亦友，剪不斷理還亂……

冤家路窄，手到情來／閑冬

莫名穿到古代小說中成為反派死士，這人設背景讓蘭亭亭頭疼得很！
她生平無大志只求平凡度日，壓根兒不想碰任何高風險職業，
何況結局已知，她將為了救腹黑主子而死，草草結束炮灰配角的短命人生……
思來想去活命要緊，既已回到故事起點，誰規定得重演相同的劇情？
雖說來到太醫院是和反派主子成雲開相遇的契機，但反派難為，她得另作打算，
索性認真備考當女醫，走上安穩的「公職」之路才是王道～～
豈料難得發憤圖強，從藏書閣「借書」惡補之舉，反讓自己更快被盯上？!
他不愧聰明絕頂，不僅貴為攝政王門生，還是掌管太醫院招考的翰林院學士，
利眼注意到她行徑詭異、對醫術一竅不通，更涉及偷走珍貴醫書，
姑娘她即使裝不認識也難逃其手掌心，只能臨機應變見招拆招！
這男人心思詭譎太危險，她務必得在他徹底黑化、攪亂政局前撇清關係才好，
哪知人算不如天算，自己開外掛卻陰差陽錯得到太醫院長肯定，被欽點成首席女醫，
入宮履職後恐將更擺脫不了成雲開的質疑糾纏，這孽緣看來沒完沒了啊……

世間萬物，唯情不死／灩灩清泉

2022年6月出版

莞美人生

在現代，離了婚的女人是單身貴族，可在此卻成了棄婦，
拜託，明明是她主動提出和離的，被拋棄的又不是她！
而且身為一個名聲極差的棄婦，夜裡沒睡好都不能直說，
為何？就怕別人以為她在想啥亂七八糟的才睡不好！
唉，她發現古代女人不好當，古代棄婦更不好當啊……

文創風 1075 1

剛結束一段失敗的婚姻，韓莞收拾家當欲前去他方開間藥店展開新生活，
不料路上下車察看拋錨的車子時，卻被一輛疾馳而來的大卡車撞飛墜崖，
再睜開眼，她正慶幸大難不死，卻發現她的肉身早躺在不遠處沒氣了，
而她這會兒則穿著一身古代女子的衣裳，腦袋被寶特瓶砸破一個洞！
所以說，她這是摔死自己又把另一女子的靈魂擠兌出去，占了人家的身體？!

文創風 1076 2

透過跟雙胞胎兒子及家裡忠僕的套話，韓莞總算知道了一些原主的事，
要她說，這原主實在倒楣，因為生得花容月貌，年紀輕輕就被人算計，
那年，原主傻傻地被人下藥，與齊國公次子謝明承發生了關係，
偏偏這事不僅鬧得京城人盡皆知，原主還成了那個犯花癡下藥的加害者，
於是又羞又怒的受害者在大婚前夕跑去打仗，原主是抱著大公雞拜堂的！

文創風 1077 3

家中惡奴當道，正經主子吃的竟還比不上奴才？這日子實在沒法過啦！
幸好她韓莞不是傻白甜的原主，不會繼續任人魚肉，當個苦情小媳婦，
她先使計收拾惡奴夫妻，把人送進官府發落，奪回掌家大權，
接著再開始做些吃食生意，攢足本錢創辦她的玻璃大業，
但畢竟是封建的古代，隨便來個貪婪的達官貴人，她就護不住這份家業，
因此還是得找根粗壯大腿抱才行，正好住隔壁的皇子就是現成的合夥人，
光是想到日後躺著就有數不完的錢，她的嘴角就忍不住要失守啦！

文創風 1078 4

老天爺待她還是不薄的，竟然讓她的汽車也跟著穿越過來了，
這汽車空間別人看不到，只有她能掌控進出，且裡頭一直是發動的狀態，
最棒的是不僅她的手機、電腦能充電，空間還能保鮮、優化及再生物品，
靠著這強大的金手指，她的各項事業做得是風生水起，
並且她還把「神物」望遠鏡贈給短暫回京的謝明承，與他談起和離條件，
想到他戰勝回來後她便能帶著孩子展開新生活，就覺得人生真美好啊！

文創風 1079 5

不枉費她日也盼、夜也盼，還開著汽車空間前去戰地，悄悄救助將士們，
如今謝明承不僅全須全尾回歸，並靠著她贈的望遠鏡立下彪炳戰功，
但，說好的和離呢？怎麼她每每提起，他就推三阻四玩起「拖」字訣了？
她知道兒子們長得漂亮又聰明，他們謝家人一見到就眼饞得不行，
可當初原主母子三人在鄉下過著生不如死的悲慘日子時，謝家人在哪裡？
現在見著孩子好就想討要回去？沒門！離，必須得離，沒得商量！

文創風 1080 6 完

她覺得自己看男人的眼光實在太差，因此發誓這輩子不再讓男人挨邊，
哪怕她穿越女的光環強大、魅力無法擋、男人愛得發狂，也不踏入婚姻，
何況那謝明承的顏值、能力與家世都達高標，又生在這一夫多妻的時代，
即便現在兩人互生情意，他也不可能一生一世只守著她這個女人吧？!
可是周遭親友都對他讚不絕口，兩個兒子又崇拜他、時不時倒戈幫他，
要不，就再給彼此一次機會，說不定這一世能迎來屬於她的完美人生？

風 文創 1082

廢柴夫君是個寶 下

國家圖書館出版品預行編目資料

廢柴夫君是個寶 / 寒山乍暖著. --
初版. -- 臺北市 : 狗屋出版社有限公司, 2022.07
冊 ; 公分. --（文創風 ; 1081-1082）
ISBN 978-986-509-341-9（下冊 : 平裝）. --

857.7　　　　111008731

著作者	寒山乍暖
編輯	黃鈺菁
校對	黃薇霓
發行所	狗屋出版社有限公司
地址	台北市104中山區龍江路71巷15號1樓
電話	02-2776-5889～0
發行字號	局版台業字845號
法律顧問	蕭雄淋律師
總經銷	知遠文化事業有限公司
電話	02-2664-8800
初版	2022年7月
國際書碼	ISBN-13　978-986-509-341-9

本著作物由北京晉江原創網絡科技有限公司授權出版

定價260元

狗屋劃撥帳號：19001626

網址：love.doghouse.com.tw　E-mail：love@doghouse.com.tw

編輯檯推薦

1065《青梅一心要發家》1 .... 連禪◎著
1066《青梅一心要發家》2 .... 連禪◎著
1067《青梅一心要發家》3 完................ 連禪◎著
1068《三流貴女拚轉運》上 .... 夏言◎著
1069《三流貴女拚轉運》下 .... 夏言◎著
1070《淘寶小藥娘》1 .... 依然月◎著
1071《淘寶小藥娘》2 .... 依然月◎著
1072《淘寶小藥娘》3 完..................... 依然月◎著
1073《九流女太醫》上............................ 閑冬◎著
1074《九流女太醫》下............................ 閑冬◎著
1075《莞美人生》1 .... 灩灩清泉◎著
1076《莞美人生》2 .... 灩灩清泉◎著
1077《莞美人生》3 .... 灩灩清泉◎著
1078《莞美人生》4 .... 灩灩清泉◎著
1079《莞美人生》5 .... 灩灩清泉◎著
1080《莞美人生》6 完 .... 灩灩清泉◎著
1081《廢柴夫君是個寶》上 .... 寒山乍暖◎著
1082《廢柴夫君是個寶》下 .... 寒山乍暖◎著

自從裴殊被國公府逐出門戶之後，顧筠便隨同他到小莊子安生，
夫妻倆從不起眼的吃食小攤做起，以不同口味的餃子闖出名堂。
為了掙錢還債，裴殊加倍努力發掘自己的「長才」，
尤其他跟莊稼打交道很有一套，對水利灌溉施肥亦相當在行，
無論是稀罕的草莓，還是冬日的青菜，在他手裡都長得特別好！
別人靠讀書考取功名，他憑種菜這門學問得到了皇帝青眼，
從一介平民晉升正三品的士農司司命，在當朝是前所未聞，
他走南闖北增產糧食，於江山社稷有功，不久連她也受封誥命。
看著裴殊的仕途一路平步青雲，英國公更是悔得腸子都青了！
人生如此峰迴路轉，世人們收起看笑話的嘴臉，
紛紛稱讚顧筠當初是慧眼識珠，重情重義，總算苦盡甘來。
說實話，這般力求上進的丈夫，的確讓她移不開眼，
更重要的是，她說一他不說二，如此「尊妻」的男人上哪找？

9 789865 093419 00260
定價260元 love.doghouse.com.tw